[澳] 杰西卡·汤森 / 著

永泊镇

5

地下九层学院

中信出版集团 | 北京

图书在版编目（CIP）数据

永泊镇．地下九层学院 /（澳）杰西卡·汤森著；吴华译．-- 北京：中信出版社，2022.4（2023.6 重印）

书名原文：Hollowpox: The Hunt for Morrigan Crow

ISBN 978-7-5217-3433-1

Ⅰ．①永… Ⅱ．①杰… ②吴… Ⅲ．①儿童小说－长篇小说－澳大利亚－现代 Ⅳ．① I611.84

中国版本图书馆 CIP 数据核字（2021）第 158266 号

永泊镇·地下九层学院

著　　者：［澳］杰西卡·汤森
译　　者：吴华
出版发行：中信出版集团股份有限公司
（北京市朝阳区东三环北路 27 号嘉铭中心　邮编　100020）
承 印 者：北京中科印刷有限公司

开　　本：889mm × 1194mm　1/32　　印　　张：7.75　　字　　数：160千字
版　　次：2022 年 4 月第 1 版　　印　　次：2023 年 6 月第 7 次印刷
京权图字：01-2019-4418
书　　号：ISBN 978-7-5217-3433-1
定　　价：39.80 元

出　　品：**中信儿童书店**
图书策划：**如果童书**
策划编辑：**蔡磊**
责任编辑：**陈晓丹**
营销编辑：**中信童书营销中心**
封面设计：**刘潇然**
内文插画：**杨猛**
内文排版：**颂煜文化**

谨以此书献给乔·劳伦斯和她的朋友米勒夫人

——本书中歌厅女郎、奇鸭女中音的原型。

目录 | contents

I

919团

第二年·冬

衣橱里亮堂堂的，光滑的黑色大门上，金色圆圈如呼吸般一闪一闪。小小的字母 W 嵌在圆心，正发出夺目的亮光。

快来呀，快点儿！那不间断的一明一昧仿佛在呼唤。

茉莉安·克罗穿上浆洗过的白衬衫，系好扣子，披上黑色外套，小心翼翼地将那枚金色 W 形别针别在翻领上。穿戴停当之后，她伸出手指，按向那亮闪闪的金色圆圈。犹如钥匙插入锁孔，黑色大门豁然洞开，露出了空无一人的站台。

这样静谧、安宁的几分钟，是茉莉安一天里最喜欢的时刻。她总是第一个来到 919 站台，总是闭上眼睛，静静聆听奇迹枢纽隧道里列车隆隆驶过的声音。那些列车就像从睡梦中苏醒的机械巨龙，准备着在纵横交错的轨道上疾驰，将永泊镇数以百万计的居民送往各自的目的地。

茉莉安深深呼吸，忍不住笑了起来。

秋季学期的最后一天。

她做到了。

从马希尔·易卜拉欣华丽繁复的红色大门，到安娜伊·卡洛质朴无漆的拱形木门，八扇门次第打开，团队的其他成员陆续抵达。短暂的寂静消失了，小小的站台上立刻热闹起来了。

茉莉安最好的朋友霍桑·斯威夫特以他经典的晨起造型出现了——东倒西歪地抱着一大堆驭龙装备，灰衬衫的扣子没扣好，乱糟糟的棕色头发狂野地支棱着，一双蓝眼睛精光四射，不是又干了什么调皮捣蛋的事，就是又想出了什么恶作剧小花招（反正茉莉安也懒得细究了）。阿占·泰特一如既往地衣饰笔挺、举止优雅，他一言不发地帮霍桑拿了一半装备，然后客气地冲着他那没扣好的扣子点了点头。

最后一个来的是卡当斯·布莱克本。她卡着最后几秒钟跑了过来，粗黑的辫子甩在背后，修长黝黑的四肢摆动着，大步流星。她刚到，一节有点儿破旧的列车就喷着白腾腾的蒸汽，咣啷咣啷地出现在大家的视野中。车厢上漆着字母“W”和数字“919”，列车长欢悦小姐站在门口，探出了半截身子。

这就是奇迹社团 919 团的“家庭专列”，是接送他们往返于家和奇团之间的专属交通工具。在这节旧车厢里，有豆袋，有蓬松的旧沙发，有成堆的靠垫，有整个冬季都暖烘烘的木柴炉子，有总也吃不空的北极熊形状的陶瓷饼干罐。在茉莉安看来，这是世界上最可爱、最舒服的地方之一。

“早——上——好！”列车长咧开嘴巴，又是笑又是叫，还挥舞着手里的一叠纸，“学员们！恭喜啦！本学期就要结束啦！只剩最后一天啦！”

欢悦小姐是919团的列车长，这个职位很有趣，既是家庭专列的驾驶员，又是他们这个小团队的辅导员。在奇迹社团这个精英荟萃、苛刻诡奇的组织里，她将陪伴成员们走过长达五年的低年级学员时光。奇迹社团的成员个个天赋非凡、成就斐然，他们大多数醉心于自己的专业领域，不会关照这些新来的小毛头。要是没有列车长时刻指点，919团的成员们肯定每天都得晕头转向。

在茉莉安认识的人当中，欢悦小姐是唯一一个真正人如其名的：她就像清澈的阳光、干净的床单、黄昏时的鸟鸣、烤得刚刚好的热面包。她总是穿着五颜六色的衣服，身姿曼妙，言行得体；她有着深棕色的皮肤和极具感染力的笑容，每当阳光拂过她那云朵般蓬松卷曲的黑发，茉莉安总是不禁联想到天使……当然，这么俗气的比喻，她才不会大声嚷嚷出来呢。

作为社团指定的列车长、成年人，欢悦小姐唯一缺乏的，可能就是一点点的礼仪。不过，成员们就喜欢她本来的样子。

“最后一天！最后一天！最后一天！”列车还没停下，她就把双腿伸到车门外，兴高采烈地庆祝起来。

安娜伊立刻忧心忡忡地叫起来：“欢悦小姐！这可不安全！”

欢悦小姐毫不在意，反而夸张地做出惊恐的神情，挥舞着胳膊，像要掉下去似的。可这时，列车突然停住了，她一下子摔出车门，真的倒在站台上了。

“我没事！”她跳起来，鞠了个躬。

大家又是笑又是鼓掌，只有安娜伊涨红了脸，挨个儿瞪着成员们，金色的卷发摆动着。“噢，真好笑啊，是吗？要是她摔在铁轨上，跌断了骨头，谁来给她止血？谁来给她接骨？你们全都指望不上，这会儿倒是笑得欢！”

“可是我们有你呀，安娜伊！”阿占冲她一笑，脸上露出了酒窝。他弯下腰，帮欢悦小姐捡起了散落的纸页。

“可不是嘛，卡洛医生！”身材魁梧的萨蒂亚·麦克劳德说着用胳膊戳了戳安娜伊，却差点儿把她推倒。（对萨蒂亚来说，这确实只是轻轻一碰，但她忘了自己的力气实在异于常人。）

安娜伊直起身子，做了个鬼脸。不过，萨蒂亚称她为“医生”，似乎让她很开心。

“欢悦小姐，这些是……”阿占望着手里的纸页，一脸困惑，“是下学期的课程表吗？”

“啊，谢谢你，阿占。帮我发给大家好吗？”列车长一边回答，一边招呼大家上车，“来吧，都上来，不然我们可要迟到了！弗朗西斯，把水壶放到炉子上去。兰伯斯，你们传着饼干罐，吃点儿吧。”

霍桑接过课程表，不解地瞪着欢悦小姐。今天是本学期的最后一天，而他们的课程表每周更新一次。“星期一已经给过课程表了呀，你忘了吗？”

他一屁股陷进豆袋里，茉莉安则坐在沙发上，夹在卡当斯和兰伯斯之间，迅速地扫了一眼自己的课程表。她立刻发现，这和星期一拿到的那份课程表一样：星期二的“不死族方言”研讨会，星期三的“行星运动观测”大师课，同一天还有地下五层间谍厅的“线人培养与使用”——这是这个星期里茉莉安最喜欢的课程，事实证明，她在间谍这一领域还是挺擅长的。

“是啊，霍桑，我当然没忘啦！”欢悦小姐说，“尽管我已经二十一岁高龄，但我那衰老的大脑还是能够从庞大的数据库中翻出四天前的遥远记忆。”她笑着扬起眉毛说：“这些课程表是新的，仔细看看今天的安排吧。”

茉莉安连忙看向“星期五”那一栏，唔，确实有变动，可是……“这是什么意思啊？”她问。

“我也有这门课，”霍桑说，“是今天的最后一节课。”

马希尔举起手：“我也有，一样的。”

大家互相对照着看了看彼此的课程表，发现所有人都要上这门“C&D[1]”。为了帮助每个人提升自己的天赋、克服自己的弱点，课程表都是量身定制的，所以各不相同。919团成员已经好几个月没有一起上过课了。

1 此处是课程名称的首字母缩写，后文大家猜测这个C&D到底是什么，所有涉及的词都归为形或音相近的中文字。——译者注

“欢悦小姐，这个C&D，到底是什么意思啊？”弗朗西斯·菲茨威廉问道。他睁大了棕色的眼睛，声音里夹着一丝担忧。“海斯特姑姑知道这事吗？她说我的课程表必须经过她同意才能有变动。”

茉莉安挑起眉毛，看了看霍桑，霍桑也回敬了她一个鬼脸。弗朗西斯家——父亲一方是大名鼎鼎的菲茨威廉家族，母亲一方是受人敬仰的阿辛芬瓦家族——与奇迹社团渊源颇深，他的资助人是姑姑海斯特·菲茨威廉。这位女士不苟言笑，严厉苛刻，在茉莉安看来甚至还有点儿护犊。至于资助人，是这样一群人：他们首先是奇迹社团的资深成员，选中的孩子经过重重考验后加入奇团，其教育生活情况便与他们休戚相关。

“姑姑不准我做任何可能危及嗅觉神经的事。”弗朗西斯说。

“什么？神经？”萨蒂亚没听懂。

“我的鼻子啊。”弗朗西斯解释道，“怎么了？有什么好笑的？厨师最了不起的宝贝就是他的嗅觉啊！”他紧张地按了按“嗅觉神经”，那上面撒着星点浅棕色的雀斑。

“不用担心你的鼻子，弗朗西斯，”欢悦小姐神神秘秘地说，“但别的我也不能透露了。”

大家的兴趣一下子就被勾了起来，九张小脸齐刷刷地仰起，热切地望着她。

霍桑坐得更直了：“这门课……是‘攀爬与……’，嗯……诸如此类的？”

“不是。不过有点儿沾边了。”

“伪装与乔装？”萨蒂亚把红色的长辫子绾成发髻绾在头顶，还把灰衬衫的袖子也卷起来了，好像立刻就要行动起来似的。“格斗技巧里终归还是得有点儿虚的，是吧？”

“服化与戏剧？”马希尔猜道。

“噢！猫与狗！”安娜伊拍着手，在垫子上弹上弹下的，“是不是让我们跟猫猫狗狗一起玩儿？”

欢悦小姐大笑起来：“听起来真可爱，安娜伊，不过不是。”她举起手，示意大家安静。“好了好了，别猜了，我的嘴巴上锁了，就跟金库似的那么结实。”

安娜伊失望地垂下肩膀，把饼干罐子递给了马希尔。

“Lef’selah.”这是雅哈兰语里的“谢谢”，而雅哈兰语是马希尔流利掌握的三十八种语言之一。最近他热衷教学，把他偏爱的外语中的“重点会话”教给伙伴们，大多是怎样问路啦，“劳驾”“谢谢”啦，粗鲁的骂人话啦，等等。（唔，粗话有点儿多，不过，茉莉安注意到，这很可能要归咎于霍桑的提议。）

“Hish fa rahlim.”安娜伊咬着饼干，含糊不清地答道。

马希尔瞪着她，又是惊讶又是好笑。茉莉安也张大了嘴巴。

“怎么了？”安娜伊嘴里嚼着香草奶油饼干，呜呜噜噜地问。

“你是想说‘不客气’吗？可是这句不是‘不客气’的意思啊。”马希尔忍着笑说道。

“哎呀，我本来就不擅长学外语，”安娜伊有点儿不耐烦地说，“所以这句是什么意思？”

马希尔、霍桑和萨蒂亚来了劲头，异口同声地把那句粗话嚷了出来。安娜伊一下子涨红了脸，欢悦小姐也哭笑不得。就这样，在去往奇迹社团的路上，919 团的笑闹声一直没停下。

家庭专列抵达了傲立车站，要离开温暖舒适的小窝，大家还真有点儿舍不得。919 团跟欢悦小姐挥手道别，他们在寒风中紧挨着彼此，往晦暗呜咽的幽鸣森林里跑去。

广达上百英亩的奇迹社团位于永泊镇中心，这里比围墙之外更早地踏入了冬季。寒潮已经持续了数个星期，就连淌出来的鼻涕都能冻住。这就是神秘的“奇团气候”。如果永泊镇只是下着毛毛雨，那么这轻柔的雨丝到了奇团内部，就会变成倾盆大雨和冰雹肆虐。

总之，不管永泊镇的天气如何，奇团之内总要“多一点儿”。普通的雷雨一跨过奇迹社团的围墙，就能展现为黑压压的天空、没完没了的闪电——简直像迪斯科舞厅一样闪——走在路上都有变成避雷针的危险。

今天的寒冷堪称刺骨，不过所幸阳光挺暖和，再加上大家都知道，上完最后一节课，他们就可以离开这儿，享受两个星期的假日，所以这寒冷也就没那么难挨了。茉莉安心痒难耐。论庆祝圣诞节，世界上没有哪个地方比得上她的家——丢卡利翁大饭店。蛋奶酒、烤鹅、巧克力朗姆酒蛋糕……她已经惦记了一整个冬天。

为了不一直想着冷冷冷，919 团在前往傲立楼的漫长路途中继续琢磨那门“C&D”，各种猜测也越发离奇古怪了。

“哦……会不会是‘创造与毁灭’？”霍桑的脸都亮了，“他们可能想把咱们教成全知全能的大神！”

“可能是‘吟诵与舞蹈’。”兰伯斯说。

“或者是‘薯片与蘸酱’？”弗朗西斯说。

一听到这颇能引起食欲的猜测，大家就把所有线索抛到脑后了。然而，笑声和叫声没能掩盖另一种声音——一群高年级的学员从后面赶了上来，其中有人咬牙切齿地说出了“奇迹锻工”几个字。

茉莉安听见了，也早已习惯了，可这仍然让她感到不自在。两个月前，她当着奇迹社团所有成员的面，坦陈了自己的秘密。在这段时间里，她偶尔沮丧，每每需要鼓励的时候，就会想起奎恩长老的话：“她或许是奇迹锻工，但从今往后，她是我们的奇迹锻工。”

奇迹社团中的大部分成员都很善良，也很理智，接受了高级长老院的决定，也接纳了茉莉安，并没有把她当作什么“危险的个体”。可有些人，却总是抓住一切机会排挤她。不过，这没什么大不了的。茉莉安已经能够渐渐地无视那些窃窃私语和怒目相向，而且她知道，整个 919 团都是她的坚强后盾。去年，他们接受了最为严苛的忠诚考验。茉莉安曾一度认为自己是个“外人”，可现在她明白，919团就是她一直向往的归属。

卡当斯也听见了那些恶意的低语，她毫不犹豫地回敬对方，叫道：“咬你的舌头！”片刻之后，吃痛的“哎哟”声传来，显然那个说坏话的人照做了。卡当斯瞥了一眼茉莉安，做了个鬼脸，茉莉安也感激地冲她笑了笑。有个催眠师朋友可真不错啊，她心想。

“我可看见了，卡当斯，”安娜伊追过来，悄悄说道，“你明知道我们不应该对其他学员使用心法。”

卡当斯不耐烦地翻了个白眼：“那你也不应该当个没劲的爱哭鬼，总是絮絮叨叨地告诉别人做这个、做那个。”

安娜伊怒目相向：“你要是再这么做，我就告诉助教。”

说完她就重重地踏着步子跑到前面去了。卡当斯却对茉莉安说：“她以前老是记不住我，那时我还蛮喜欢她的。”

如果安娜伊真的打算跟奥术学院那可怕的助教告状，那么茉莉安会建议她算了吧。在过去的几个星期里，她一直努力地想跟穆加特罗伊德太太搭上话，却发现那根本不可能。在傲立楼的各种厅堂教室中，茉莉安每次碰见她，她都是一副不知身在何处的迷茫模样，要不然就更糟——突然变身为她的死对头、凡尘学院的助教迪尔伯恩女士。这种情况最近越发频繁，茉莉安不由得开始胡思乱想：穆加特罗伊德是不是故意躲着她？或者，迪尔伯恩还是不死心？

六个星期之前，茉莉安的衬衫还是灰色的——这表明她和霍桑、安娜伊、马希尔、阿占、弗朗西斯和萨蒂亚一样，是凡尘学院的学员。凡尘学院由助教杜尔希尼亚·迪尔伯恩女士严格监督照管，它是奇迹社团两大学院之一，共有三个系：地下三层的实践学科系、地下四层的人文学科系、地下五层的肢体应用系。

奥术学院的人数要少得多，但仍然占据了更深处的三层楼，而且只有学院内部的人员才能进入。

和凡尘学院那些井然有序的廊道厅室相比，奥术学院的结构错综复杂，一不小心就会迷路。这里既没有院系之分，也没有数不胜数的兴趣小组、工作坊、俱乐部，更没有那些致力于传习绝技的秘密团体、绝密学会——这些组织低调得仿佛不存在，也骄傲得不承认其他组织存在。在奥术学院，似乎只有紧锁的屋门，无解的疑问。不过，经过六个星期的磨炼，茉莉安已经学会只去课程表里提到的地方，至于别的地方，则一概不去试探——否则，你可能会陷在一条雾气弥漫的神秘走廊里出不去，而它前一天连个影子都没有呢。这样东摸西撞无疑会导致上课迟到。

得知穆加特罗伊德将茉莉安收入奥术学院门下，迪尔伯恩恼怒不已。这倒不是因为她有多喜欢茉莉安，事实恰恰相反——她认为茉莉安根本就不配加入奇迹社团，遑论学到更多精妙绝伦的本事。所以，在茉莉安看来，这位一头银发、冷若冰霜的助教，想插手破坏她的学习，是非常有可能的。

“你想太多了吧。”当天下午，卡当斯听了茉莉安的怀疑，不禁说道。她们正躲在地下七层的走廊里等兰伯斯，好跟她一起去上最后一节课。“再说，你干吗总想跟穆加特罗伊德搭话呢？换作我，那可是唯恐避之不及的。”

茉莉安知道，大多数人对这位助教的态度都是能躲就躲，而且理由充分……可在穆加特罗伊德和迪尔伯恩之间，她就是更喜欢前者嘛。

“你看，”她叹了口气，翻出自己的课程表，指着上午的那栏，“‘洞见未来’‘寻找常态’，昨天的是‘死者对话法’……”

“你不是说你喜欢这些课吗？你说你就喜欢这些吓人的玩意儿！”

“是啊，”茉莉安承认道，“我确实喜欢。但我不明白，穆加特罗伊德为什么总是给我安排这些怪异的课程，况且，她还说我应该学习——”茉莉安停下来，看了看四周，确保没有人偷听，才压低声音继续说道：“‘奇迹能诡术’。”

卡当斯脸上掠过一丝不自在。她和茉莉安一样，对所谓的“诡术”知之甚少。

“奇迹能诡术”是奇迹锻工特有的本领，所以，要是茉莉安想弄明白成为奇迹锻工究竟意味着什么，就必须学习这些东西。她之前只接触过一点点“诡术”，自己也悄悄地练习过一阵子，可是，在整个无名之域里，能将这些本领运用得出神入化的，只有一个人……和这个人扯上关系，怎么说都让人心里不安哪。

“其实……哎呀，我可不是千里眼！”茉莉安说，“也不是先知，也不是术士，也不是女巫，也不是……”

“我知道我知道，你只不过是个谁都不敢惹的奇迹锻工。好了好了，别抹眼泪了。”卡当斯轻声说。她看见兰伯斯来了——像往常一样，刚上完“超觉禅定”课，整个人都迷迷糊糊的——于是挥挥手招呼她。

奥术学院的学员比凡尘学院少很多，但加上教职员工、学者、研究员，以及来自皇家巫术委员会、超自然联盟、永泊镇女巫联合会的访问者，大厅里走廊间也总是一派繁忙的景象。今天，这里挤满了庆祝学期结束的低、高年级学员，因为出了奥术学院，他们当中的大多数人都将受到严格限制，什么出格的事也不能做。在这特别的日子里，幻象师学员可以在奇团的任何地方施展法术、创造奇景，因为幻象，用穆加特罗伊德的话来说，就是“一堆没什么意思也没什么害处的小花招”。（茉莉安觉得，大多数幻象师学员浪费了如此难得的解禁，他们只是想着恶心别人，在走廊里弄出狗屎和老鼠之类的幻象。就连喜欢恶作剧的霍桑也无动于衷，认为这些幻象师学员“极其缺乏想象力”。）

不过，要是哪个低年级学员在奥术学院以外的地方私自练习魔法巫术，不幸被抓到，那他可就要把肠子悔青了。因为穆加特罗伊德最喜欢的惩罚方式就是——剪烂外套、剃掉眉毛、倒吊在傲立车站的天桥上。

反正，只要在奥术学院内部，就没什么诡奇之术是禁用的。

下午，期末庆祝走向越发离奇。一群巫术学员从巫术厅偷了一箱没贴标签的长生水，他们摇晃着瓶子，彼此吓唬着喝了下去，然后大呼小叫起来，也不知道是好笑还是难受。其中有一个灼伤了喉咙，滚烫的热气不停地从她嘴里涌出来，足足持续了一分钟，另一个眼睛里的毛细血管爆裂开来，还有一个公然宣称，自己深深地爱上了抬眼看到的第一个物件——灭火器。

“小兰，快点儿行吗？”卡当斯看到兰伯斯落在几米开外，不紧不慢地走着，就忍不住抱怨起来。

“停。”兰伯斯突然抬起一只手。茉莉安和卡当斯立刻站住了，前面就是两条长走廊的交叉口。

兰伯斯是短期预言者，顾名思义，她能看到未来将要发生的事，但只能提前一小会儿。如今，919团的成员们已经意识到，老老实实听从兰伯斯的建议，就能避免遭遇一些小麻烦，比如脚趾被谁踩到，或是热茶洒到身上。有的时候，这本事甚至能救人一命。去年万圣节的夜里，茉莉安就见识过一次。当时，她破译了兰伯斯语焉不详的预言，从而关停了邪灵黑市，让卡当斯和兰伯斯免于一劫。

要不是茉莉安力挽狂澜，卡当斯的心法早就被卖给了出价最高的人，而兰伯斯要面临的厄运更惨。因为，他们的朋友兰伯斯·阿玛拉其实是东歌邦拉族皇室成员，兰米亚·伯沙利·阿玛蒂·拉公主。她也是从冬洋国偷渡到永泊镇参加奇迹社团选拔赛的，但和茉莉安不同的是，她的家人早早就谋划好了。他们背叛国家的行为一旦大白于天下，那么等在前头的只有一死。冬洋国的任何人都不该知晓自由邦的存在。

919团必须共同保守兰伯斯的秘密，他们是发过誓的。除此之外的知情人，只有兰伯斯的资助人、欢悦小姐，以及长老们。其实，邪灵黑市毁灭的那一夜，还是有几个参与竞拍的人趁着夜色溜了，但919团的成员们相信，只要牢牢守着秘密，缄口不言，那么他们就能保护兰伯斯不受任何伤害。

卡当斯看了看手表，不耐烦地叹了口气："小兰，我们真的得——"

"等一下。"

"砰——嗞嗞嗞嗞——"

茉莉安和卡当斯吓了一跳，她们看到在走廊的尽头，一个魔法部的学员正把长生水往路过的高年级学员身上喷。那个倒霉的女孩儿兜头被泼了一身黑漆漆、黏糊糊的液体，而液体一碰到她的皮肤，就变成了蜜蜂……愤怒嗡鸣的蜜蜂闹哄哄地包裹着她，仿佛她身上沾着美味的花粉。她尖叫着跑到大厅里，想把蜜蜂赶走，那些魔法部的男孩儿追过来要帮忙，同时也觉得好笑，还有点儿害怕。

这时，兰伯斯垂下胳膊。

"可以了。"她说着，淡定地从茉莉安和卡当斯身边走了过去，还瞥了她们一眼，好像在说"看吧，不用谢"。

地下二层设有餐厅、厨房、物资部，所以茉莉安常常会来，不过，她从来没有在这儿上过课。茉莉安、卡当斯和兰伯斯赶到的时候，919 团的其他成员已经在教室外等着了。

"'犯罪与甜甜圈'？"霍桑转过身，张开胳膊挡在教室门口，"实在猜不出来了！还有人猜吗？这可是最后的机会了！"

"噢，得了吧，快开门。"萨蒂亚嚷嚷着，一把把他推开了。

这间屋子很小，只有普通教室的四分之一大，而且空荡荡、黑漆漆的。其他人往里面走的时候，茉莉安摸索着两边的墙壁。

"灯的开关在哪儿？"她问。

"哎哟！弗朗西斯，你踩我脚了！笨蛋！"

"对不起，我看不见——"

砰！门猛地关上了，大家一下子静了下来。

"老师在哪里？"安娜伊轻声问道，声音里夹着一丝颤抖。

"嘘——"兰伯斯冷静地说，"盯好墙壁。马上开始。"

2 精心设计，环环相扣

在黑暗中静默了几秒钟之后，墙壁上浮现出栩栩如生的图像。亮光突如其来，茉莉安不由得眨了眨眼睛。

墙壁上展现的片段，她现在仍然记忆犹新。

那天夜里，九个孩子在奇迹社团门外排成一队。鲜花层层叠叠，交织成巨大的精致织锦，从大门上倾泻而下，绿油油的藤蔓蜿蜒盘旋，缠绕成几个大字：

来吧，

加入我们。

919 团的成员们目瞪口呆地站在那儿，看着一年前的自己，个个都想弄明白眼下又是什么新考验。好吧，也不是“个个”，是大部分。

“我的头发真有那么蓬松？”霍桑凑在茉莉安耳边窃窃私语。

“对。”

他点点头：“真酷。”

“这是要我们做什么？”墙壁上的影片里，萨蒂亚问道。而影片中的茉莉安偷偷地瞥了萨蒂亚一眼，比她自己记忆中的模样更矮小、更畏缩。

这时，影片里突然出现了骇人的景象，茉莉安胳膊上的鸡皮疙瘩一下子冒了出来。她怎么不记得当时还发生了这些？

有人握住了她的手腕，卡当斯凑近了：“那是……什么？”

就算茉莉安知道答案，这一刻她也惊恐得张不开口、说不出话。

在那个夜晚，919团的九名成员等候在奇迹社团门外，满心憧憬，屏息期待着全新的生活——从那一刻起，他们就是永泊镇最了不起的组织的一员了。

然而，就在他们身后，却盘踞着几十个黑憧憧的……茉莉安不知道那是什么，或许，是魔鬼。

它们的身体上覆盖着晦暗的鳞片，筋肉丰腴，肢节繁复，不像奇状动物，也绝不是人类。它们匍匐在地上，用强壮的前肢拖动着躯干往前爬，长长的尾巴肌肉虬结，甩在身后。它们的面孔有点儿像人，棱角分明，又宽又大，眼睛是鳞片那样的暗黑色，却又像甲虫一样闪着莹光，诡异骇人。

茉莉安长到这么大，还从来没有见过这样的怪东西。它们就像某种试验的产物——蛇变成人，或是反过来，人变成蛇——但最终成了失败的样品。即便只是出现在墙壁的屏幕上，它们也激起了茉莉安本能的、原始的逃跑冲动。可她吓坏了，动也动不了。

“这是在闹着玩儿吗？”安娜伊的声音颤抖着，又尖又细，“是吓唬人的玩笑对不对？这可一点儿都不好笑！”

她转身就往外跑，却发现门上了锁。

“不好笑！一点儿都不好笑！”她尖叫起来。

919 团的成员们不由自主地靠近彼此，惊恐地看着屏幕上的怪物爬向当时的自己。要不是茉莉安亲历了那个夜晚，要不是她已经知道那之后的情形，她真要相信自己和朋友们会被那些怪物袭击，而后吃掉。

当然，这些想象中的惨状并没有发生。就在怪物将要碰到他们的时候，几秒钟之内就有更多的黑影浮现在夜色里——是人，是披着黑斗篷的奇团巫师。他们挥动着点燃的树枝，将烟雾汇聚成奇怪的符号，宛如一个个护身符。怪物悄无声息地退回了阴影之中。

这太离奇了——不可思议，当时的 919 团竟然完全没有注意到这些怪物。他们热切地凝望着奇迹社团的大门，看着它吱嘎一声洞开，邀请他们进入充满机会和冒险的秘密世界。

不过，茉莉安发现，有一个人例外——兰伯斯。她仔细地看着影片中的兰伯斯，只见她站在队伍末尾，瞥了一眼背后的黑暗，便立刻惊恐地睁大了眼睛。

“你从没提起过，”茉莉安盯着兰伯斯，轻声问道，“为什么不告诉我们呢？”

兰伯斯的下巴哆哆嗦嗦的。“我……只是……似乎不说比较好。”

影片中的九个孩子快步走进奇迹社团，把没留意到的危险抛在了身后。

茉莉安松了口气，看了看昏暗之中的霍桑和卡当斯。两个朋友也满心困惑地看着她，什么也没说。奇迹社团的大门关上了，那些怪物也不见了，仿佛凭空消失了似的。教室里的气氛轻松了一点儿。突然，扬声器响了，把大家吓了一跳。

“你们都很想知道这是怎么回事吧？”

茉莉安认得这严肃冷静的语调。是奎恩长老。

在奇迹社团中，三位德高望重的成员组成了高级长老院，格蕾戈利亚·奎恩是其中一位。高级长老院由奇迹社团的全体成员在每一纪初投票选出，负责社团的领导和管理事务，任期持续至该纪末。茉莉安很清楚奎恩长老何以当选：她又矮又小，弱不禁风，而且年纪很大，可她心灵强韧，令人敬畏。另外两位长老——希莱克斯·黄长老和艾里奥斯·萨加长老也都不是等闲之辈（但还是奎恩长老最厉害，茉莉安偷偷想道）。

“多年来，”奎恩长老的声音回荡在教室里，“奇迹社团肩负着一项秘密的重任，所有成员必须一致遵循、共同承担。它可以表达为两个看似背道而驰却同样重要的任务。如果以更为宏大的名称来标榜它，那么我们称之为‘凝神与离神’。”

“啊，所以不是‘薯片与蘸酱’……”霍桑低声嘀咕。茉莉安用手捂着嘴巴，把惊讶失控的笑意压了下去。

“嘘，”卡当斯用胳膊肘戳了戳她，“看！”

奎恩长老讲话的时候，影片仍然播放——片中的宣誓日典礼和他们参加的那个似乎全然不同，可显然，就是那一夜发生的事。

茉莉安记得，自己走在通向傲立楼的斜坡上时，或许确实有些紧张，但绝对算不上害怕。她看见身披斗篷的奇团成员手执蜡烛，高高地立在斜坡两旁那些已经死去的火花树顶上。说不上为什么，他们的出现让她感到几分安心。她当时一心想着，最困难的考验已经扛过去了，她通过了层层选拔赛，加入了奇迹社团，所以未来的日子应该轻松些了。

当然，她错了。只不过，直到这一刻，她才明白自己错在哪里。

那些从树上跳下来尾随着新学员的，并不是奇迹社团的成员，甚至不是人类……只是把人类的样子模仿得很好。

“看在自由邦七穴的分上，告诉我吧，那些到底是什么东西啊？”阿占喘着粗气说。

那些黑影渐渐从混沌一片的模糊人形中剥离，显露出它们真实的原形：巨大的、秃鹫一般的生物，拱肩缩背，神色迷离，长着黄色眼睛和钩子似的利爪。

茉莉安不太相信，难道自己和整个 919 团都这么无知无觉，都这么健忘？

“快跑啊！”阿占冲着影片中的 919 团轻声说道。茉莉安理解这种本能的冲动。她也想摇醒当时的自己，让她看看危机四伏的周围。因为除了潜伏在阴影中的、立在树梢上的，还有别的，很多，很多……

她一直以为——其他成员也一定以为——这壮观奇幻的典礼是为了庆祝他们的成功。

可现在她明白了。那不是庆典，而是所谓的“离神”——用一系列精心设计、环环相扣的事件将他们的注意打散，再引向别的地方，从而无视周遭发生的一切。

在通向傲立楼的路上，乐手演奏着胜利凯歌，陪他们一同前往，而这分散了他们的注意力，对身后尾随的一大群巨型秃鹫怪物毫无察觉。

法术唤起的彩虹拱门挡住了他们的视线，在那背后，傲立楼上的每一扇窗户都开始滴血，滴滴答答地沿着红砖墙壁往下淌，仿佛恐怖片里的场景。

大理石台阶下，那头大声叫唤的大象吸引了他们的全部注意，而这时，几名奇团成员指挥着蜘蛛大军，让它们手舞足蹈地涌到了 919 团的脚下。

可孩子们什么感觉都没有。

因为他们正心怀敬畏，仰头望着两条龙用喷出的火焰拼出九个名字。他们错过了最为诡异的景象：幽鸣森林最靠外的一排大树，竟然连根崛出，在地上迈起步子，极慢极慢地，向傲立楼走去，犹如一支古老的树精部队。

影片里展现的一切真是太可怕了……可也真的太神奇了。尽管心里害怕，茉莉安还是不由自主地感到惊讶，她很想知道，自己和其他成员怎么会完完全全地听凭调遣，一点儿也没意识到有人在操纵呢？他们就那么看向应该看的地方，走向应该走的方向，每一秒钟都卡得刚刚好。这就像是眼睁睁看着自己跳了一段从未排练过的芭蕾舞。

“不管是谁干的，都太变态了。”马希尔说。

“不对，”茉莉安说，“不管是谁，那人都是天才。”

“你们已经通过了四项选拔赛，以及最为重要的最终一测——忠诚考验，即将步入加入奇团后的第二年。”奎恩长老的声音再次响起，而影片中，学员们正跟着资助人踏上傲立楼前的大理石台阶，“为了证明你们值得信任，值得加入我们的行列，新的大门已经打开，更深刻的知识、更深重的责任正在召唤。”

茉莉安做了个鬼脸：他们通过四项选拔赛也只不过是六个星期之前的事啊，而且……啧啧，往事不堪回事。至于为919团量身打造的忠诚考验，则是以勒索信形式出现的，九个人都收到了匿名信，对方要求他们满足各种无理要求，否则就要泄露整个团队共同的秘密——茉莉安是奇迹锻工。长老院要求919团保守这个秘密，只要有一人泄露，则全团逐出奇团，且失去未来的选拔赛资格。这件事压在茉莉安心头，折磨了她整整一年，后来大家才明白，这只是个测试，是长老们故意设计的。

哪怕到了现在，茉莉安想起那最揪心的要求仍然会忍不住咬紧牙关——她必须自己将秘密和盘托出，告诉大家，她是个奇迹锻工。如今，奇迹社团的所有成员都知道了真相。

哼，她不高兴地想道，反正我们通过了。

影片中，919团成员和资助人走进了傲立楼，大门关上了，影像也消失了，四周再次陷入黑暗。

奎恩长老矜持克制的声音在教室里回荡。

“在你们即将担负的新的责任中，最为重要的，是看清我们所挚爱的这座城镇的真实面貌，并且找到你们自己的正确位置。”

茉莉安觉得脖子后面一阵发凉，她差点儿脱口而出：不用了，谢谢。我一点儿也不想知道永泊镇的真实面貌。今天还是算了吧。

“为了理解你们在奇迹社团的未来，就必须先了解它的过去。”奎恩长老继续说道，“社团的成立，有其特殊的目的。在百年以前，我们的全部任务，就是全力支持九个人的工作。这九个人地位崇高，远超他人。而他们的使命就是：服务无名之域全体公民，保护他们，改善他们的生活。

“这九个人，就是奇迹锻工，他们的心法强于他人，很多人甚至认为，他们是被拣选的，被传说中守护我们领域的奇迹之神所拣选。为了报答这份天赐的力量，奇迹锻工会毕其一生不断修行，精进心法，并服务他人，鞠躬尽瘁。当他们的生命走到尽头，灵魂便会转世重生，将最初的九位奇迹锻工的责任传承下去。新生的奇迹锻工接过先辈的薪火，在奇迹社团的引导和支持下继续为无名之域服务。如是循环罔替，一代一代的奇迹锻工从未遗忘自己的身份：神在人间的代表，踏实工作的公仆。”

是真的吗？茉莉安心想。九位奇迹锻工之一的灵魂，借由茉莉安·克罗的身体重生了？她是别人的副本吗？一次一次又一次，层层叠叠的副本？这也太像编出来的了，像神话书里那些神神道道的细节。

“然而最终，”奎恩长老说，“奇迹社团没有成功。”

茉莉安感到一阵不安，如芒在背，哪怕教室里一片黑暗，她也能感受到八个伙伴投来的目光。

“九位奇迹锻工渐渐成了人们崇拜和信仰的对象，有些人甚至陷入了宗教般的狂热。是我们让他们误以为自己就是神，任凭他们凌驾于其他公民之上，于是腐化堕落、冷漠暴虐便在所难免。危险。贪求权势。有的甚至堪称‘邪恶’。

“该来的总会来，有一位奇迹锻工认为时机成熟，便暗中创造出骇人的怪物，将它们组建成一支军队，而后和其他奇迹锻工勾结，掀起了一场谋逆之战。

“当然，他输了，并且因为罪大恶极被驱逐出境。这就是我们所知道的最后一个奇迹锻工——以斯拉·斯考尔。他妄图征服并奴役我们的城镇。这不共戴天之仇，我们永不会忘。”

茉莉安浑身难受，恨不得捂住耳朵落荒而逃。可她还想知道更多，这种冲动无法抗拒。

“现在，奇迹社团的任务就是保护永泊镇，以及伟大的自由邦，保护它们不受奇迹锻工残留的腐败和危险的影响。动荡仍未远离。这动荡由我们自己引起，是我们软弱、失职，未能及时采取措施。

“我们必须拨乱反正，”奎恩长老的声音低沉而飘忽，“必须弥合过去的伤痛，哪怕伤疤昭昭也在所不惜。”

“抓着点儿东西，扶稳。”兰伯斯突然说道。

“嗯？你说什么？”阿占惊恐地问，“这话是什么意思啊？”

茉莉安和卡当斯已经紧贴墙壁站稳了，因为这狭小的教室里没什么可扶的东西。霍桑立刻学着她们的样子站好，马希尔、阿占和萨蒂亚也随即照做。

这时，空气像遭到挤压似的发出巨响，紧接着就是机械碾压摩擦的声音，砰——脚下的地面陷了下去。安娜伊和弗朗西斯没听兰伯斯的话，一下子被甩到地上，只得爬起来，踉踉跄跄地往墙边挪。

整间教室动了起来，以惊人的速度向下、向黑暗之中沉降。

“怎么回事？”安娜伊喊道。

“别嚷嚷！”茉莉安厉声说道，因为在这一阵混乱之中，奎恩长老仍在讲话——她可不想错过重要的信息。

沉降骤然停滞，教室猛地往前冲去，像钻过隧道的火车，把大家都甩到了后墙上。

“纪年更迭，我们不眠不休、谨慎细致地工作，”奎恩长老不顾教室猛冲，继续说道，“终于控制住了盘踞在永泊镇的几个怪物族群。我们运用法术、巫术、武力，有时还用上了传统的外交、谈判手段。这一切都是秘密进行的，为的是将那些给公民带来致命危害的混沌力量隔绝在外，保护我们的城镇。”

砰！教室突然改变了方向，孩子们东倒西歪地甩向右边的墙壁，挤在一起。

“天啊，我要吐了！”霍桑难受地咕哝。

“你敢！憋着！”卡当斯叫道。

奎恩长老似乎全然无视教室里的一团混乱，悠然继续：“在你们刚才目睹的可怕一幕中，有些怪物族群已经臣服于奇团的严格控制。比如鹫影，那些站在树上能够变换形态、模仿鸟类的生物。鹫影族群残暴恶毒，曾经分布广泛，严重威胁着永泊镇人民的生命。我们花了五十多年，才控制住它们的行为和数量。鹫影族群可能是我们处理得最成功的怪物族群。

“有些族群虽然不能称为‘受控’，但历经数纪的谨慎外交，已与我们结为同盟，并被奇团接纳，成为保护永泊镇和自由邦的积极力量。比如幽鸣森林就是受邀参加你们宣誓日典礼的客人，它们心甘情愿成为新成员的培训工具。

“影片中还有一类怪物，它们的行为有章可循，可以预判，因此也为我们所用。奇团大门外的那些生物名叫‘飑怪’。我们没有跟飑怪族群达成协议，因为外交手段对它们毫无作用。所幸，它们的行为尚可推断，也能避开。这已是我们尽力而为的成果。

“所以，你们的宣誓日典礼，其实是一系列为教育和展示而精心设计、环环相扣的事件。我们希望这有助你们理解奇迹社团这一组织所致力追求的目标。”

在奎恩长老吐露这些冗长的箴言时，教室不停地改变着方向，一次，两次，三次，四次——猛地向左，向上，向右，向下。它的速度越来越快，感觉似乎已经飞驰了好几英里。最终，它还是慢下来了。灯也亮了起来。

茉莉安睁开了眼睛。919 团的孩子们全都坐在地上，紧靠着墙壁，大口大口地喘着粗气，谁也不说话。

门开了，奎恩长老走了进来，看见孩子们瘫在地上，像是吓了一跳。

“哎呀，真是的。”她说着指了指天花板，原来，那儿垂着好几条吊环，可大家都没发现。她勾了勾手指：“你们没乘过伞轨车吗？”

茉莉安又闭上了眼睛，不声不响，只希望午饭留在肚子里，千万别倒出来。

919团的成员们没怎么受伤，但每一个都晕晕乎乎、茫然无措。他们跟着奎恩长老离开那间狭小的教室，踏上了一条灯火通明的长走廊。走廊很宽，很气派，两侧的墙壁上挂着历任长老的画像。煤气灯插在烛台上，让茉莉安想起了她的丢卡利翁大饭店。

"'凝神与离神'，就像用十根手指堵住上千个细小的漏洞。"奎恩长老拖着步子走在前面，比茉莉安想象中要快很多，她继续说道，"这项工作肮脏、危险，无休无止，毫无回报，重复乏味，但于我们来说却更像一种特权，值得与有荣焉。现在，你们手中也有这项特权了。"

她左右转头，看了看跟在身后的学员。

"我知道你们心有疑惑。其实他们也为同一件事困惑不已，那就是，这一切意味着什么？你们是否毫不知情就加入了一支对抗黑暗的军队，用尽余生与这些黑夜里的怪物战斗，却不知道所为何如？"

茉莉安从未想过这些，但现在，她真的很想知道。

"唔，或许，这刚好是你们想要的，是你们擅长的。或许，你们永远都不会再见到那些令人不快的生物。或许，你们的命运，你们在奇迹社团里的角色，是为世界带来光彩。什么形式都可以——音乐、美术、政治，或烹饪一碗美味的韭菜土豆汤——为的是打散人们的注意，与黑暗抗衡，使永泊镇免于消解其中。"

这里已是走廊的尽头，一扇门横陈在前。奎恩长老停下来，转过身面对着 919 团。她比大部分孩子都要矮上几英寸，但茉莉安却觉得一位巨人正在俯视自己。

“在奇迹社团这项重要的工作里，你们每个人将扮演何种角色，这我尚且不得而知，”她压低了声音，“这一切取决于你们自己。”

她身后的门打开了。

“欢迎来到议事厅。”

3

议事厅

这里有点儿像巨人竞技场，但不是露天的，而且更小、更暗，看台般的阶梯座位上坐满了衣冠楚楚、举止文雅的奇团成员，而不是大呼小叫、怂恿两相角斗、恨不得至死方休的粗野之人。

“这个星期的例会已经开始了，”奎恩长老轻声说道，她领着大家走向圆形大厅最后面的一排空座位，“正如你们所见，低年级的团队坐得靠前些，不过你们是第一次参加，就先在后面好好观察一番吧。”

她让孩子们自行坐好，然后沿着阶梯通道走向圆形大厅的中央。萨加长老给她留好了位子，而黄长老正站在讲台上，主持着大会。

很多奇团成员转过身来，好奇地打量着 919 团。茉莉安觉得——或许只是她的想象——他们的目光在自己身上停留得更久。

她感到双肩上沉甸甸的，奎恩长老的话还在脑海里回荡着，她突然对自己身处的这个地方有了更深刻的理解。

那些奇团成员知道茉莉安是奇迹锻工之后，每一份恨意都让她如芒在背，但现在她明白这是为什么了。很简单：永泊镇的每一个人都知道，奇迹锻工是危险的；而奇迹社团更清楚，奇迹锻工危险到何种程度。奇团知道，数百年来，他们的行为有多么不堪、多么堕落，给永泊镇留下了多少伤痕，而在这座城镇安宁平和的表象之下，又有多少难以愈合的伤痛是拜他们所赐。奇团成员如此心知肚明，是因为他们如今仍在做着拨乱反正的工作。

挺住，茉莉安暗暗告诫自己，她坐得更直，努力撇开那些不愉快的念头，不是我干的，不是我干的，苍天在上，我可跟那些蛇啊秃鹫啊什么关系都没有。

她不喜欢别人拿自己和以斯拉·斯考尔相提并论，和任何奇迹锻工相提并论。她现在已经不是躲在克罗庄园的小客厅里为做坏的果酱和摔坏的老太太写道歉信的那个被诅咒的孩子了。她和这里的所有人都是平等的，享有相同的权利。

茉莉安扬起下巴，凝视着讲台上的黄长老，没有回应任何意味深长的打量。

"……奇地异境战队今天又是只派了一位代表过来，871 团的阿德瑞纳·索尔特。"黄长老说，"索尔特女士，贵战队是打算让你一个人收拾烂摊子吗？其他人呢？请转告迈尔斯，我们期待他下一次可以露个面。奇状动物学与自然生物部，瓦莱利·布兰布尔教授……”

介绍到场人员很是花了一阵子时间，茉莉安发现，想按照黄长老提及的科系组织找到相应的成员，委实有点儿困难。接下来，是非凡工程与基础设施咨询委员会、异常建筑协会、哥布莱恩图书馆……黄长老念到组织的名称，其代表就全体起立，向四周挥手，接受大家的掌声。

“……探险家联盟，”黄长老继续念道，而茉莉安一下子支起了耳朵，“895 团，朱庇特·诺斯……”

朱庇特在这儿！她还以为这位资助人只有在自己惹麻烦的时候才会来奇团呢。她挺直了身子，向下面望去。越过一排排的脑袋，她终于看见了那一头耀眼的金黄色头发，还有大胡子半遮的明亮笑脸。他像往常一样，打扮得光彩夺目：泡泡糖粉色的马甲和裤子挺括时髦，天蓝色的衬衫袖子高高挽起，闪闪发光的雕花皮鞋踩在脚下。

人人都低调，就他最显眼。茉莉安想着想着就笑了。今天下午，她还是第一次笑出来。

朱庇特站起身来，点头示意，客气地谢过大家的掌声（比别人的热烈很多，甚至夹杂着一两声口哨）。他的目光扫过圆形大厅。茉莉安知道，他在找她。她有些不好意思，不愿在一屋子的人中间惹人注目，但霍桑可没有这种顾虑。

“朱庇特！我们在这儿！”他高举着双手大声嚷嚷。

茉莉安坐在椅子上，往下滑了好几英寸，她耸着肩膀，缩成一团，好像胳肢窝能当耳环戴似的。所幸掌声响亮，没人听见霍桑的叫嚷。茉莉安连忙一把抓住他的衬衫后襟，把他拽回了座位上。

“……最后一位，兽务部，899团，加文·斯夸尔斯。斯夸尔斯先生，就由你先开始吧。”

“谢谢您，黄长老。”加文·斯夸尔斯大声应道，推着一辆装满设备的推车上了台。他瘦长结实，颇有活力，身上有不少粗粝的伤疤——这个人哪怕在寒冷的天气里也穿着无袖背心和短裤，可见这是令他相当自豪的，茉莉安心想。“诸位，想必大家心里有数，我们即将迎来一年中的特别时光……”

观众席里响起了一阵阵了然的抱怨，有些人甚至脱口而出：“噢，不会吧！”

加文狡黠地一咧嘴，眼睛里闪过一丝开心。“噢，会的！噢，会的呀！朋友们，一年中最美好的时光，我们一直期待的日子，马上就要来了！女士们，先生们，你们早就知道了吧，其实心里喜欢得很对不对……”

他停下来，调试设备。片刻之后，巨大的可动三维图像投射出来，在大厅宽敞的空间里勾勒出……噢，这真是茉莉安有生以来见过的最最难看的生物了。她本能地想躲避、退缩，而有同感的大有人在。

“……就是它！就是那短暂而神奇的繁殖季！永泊镇下水道有鳞兽繁殖季！”

茱莉安确实听说过所谓的“永泊镇下水道有鳞兽”，但她从来没见过，也一直不确定是不是真有这种生物。此刻，三维图像所显示的，是像蛇一样的奇怪动物，黄白相间，透明的眼睑蒙着浑浊的红色眼睛，圆滚滚的肚子拖在地上，六条蜥蜴般的腿撑着身体，末端长着长而锋利的爪子。它的鳞片很粗糙，随机似的这里一片那里一片，有的地方则光秃秃的，露出了肉粉色的皮肤。它的尾巴长长的，看起来很有力气，前后摆动着，颇有几分威胁意味。它张开嘴巴，露出弯曲的尖牙，分叉的舌头是蓝黑色的。

“好了好了，听我讲吧，”加文抬起手，示意大家安静，“老规矩大家都知道了。下水道有鳞兽繁殖季，会将数百只毒牙锋利、不好对付的小怪兽送进我们的下水道系统，如果不控制它们的数量，那么我们的永泊镇将被这些小家伙堵得结结实实……”他说着指了指三维图像，“这一头只有几个月大，这些宝贝小怪物，长得可快着呢！

“我知道，没有谁会青睐这项工作——不少人在一年一度清理水沟时受了伤，而充满鼻孔的臭味要好几天才能散掉——可是，必须有人挺身而出，帮助我们搜寻、追踪这些小家伙，并将它们迁往城外安置。我们兽务部有十六人，估计还得再添十几个人帮忙才行。如果没有人主动充当志愿者，那我们只能从诸位当中选人派活儿了。好了，举手吧，有没有人愿意帮永泊镇清理掉下水道里的小怪兽？”

几位高年级学员和老成员不情不愿地举起了手。而萨蒂亚，像踩了油门似的，噌一下子高高举起了手。919团的其他人全都一脸慌张地盯着她。

“萨蒂亚，你是开玩笑的吧？你真想爬进下水道，去找那些……东西？”安娜伊不敢相信似的小声问。

“你才是开玩笑的吧？我为什么要放弃跟永泊镇下水道有鳞兽打架的机会？”萨蒂亚也小声地回答，还在座位上晃来晃去，好让加文看到她。

“好，八位勇敢的志愿者，谢谢你们。”加文说，“米提·海沃德，苏西－李·沃尔特，菲利斯·莱耶，你们三个也来——是的是的，我知道你们三个去年已经参加过了。可谁叫你们去年表现得那么完美，叫我不得不选呢？”菲利斯冲着加文比了个粗鲁的手势，惹得一阵哄堂大笑。不过加文毫不在意。“噢！后排还有一位主动举手的志愿者呢！年轻的朋友，你叫什么名字？”

萨蒂亚立刻跳了起来：“‘有进无退’萨蒂亚·克兰·麦克劳德！”

茉莉安、霍桑和卡当斯互相看看，费劲地憋着笑。什么什么萨蒂亚·克兰·麦克劳德？

“我来自自由邦第三穴，是在高原地区的顶峰长大的。”萨蒂亚声音洪亮，继续说道，“我母亲是‘噬魂师’玛丽，父亲是‘抚痕师’马尔科姆，祖母是‘死亡使者’迪特丽尔，曾祖母是

W
W
W

‘不屈斗士’艾琳，曾曾祖母是‘暴雷斗士’伊莉莎，曾曾曾祖母是‘一招绝’贝蒂，曾曾曾曾祖母是——”

“好了好了，‘有进无退’萨蒂亚·克兰·麦克劳德，”加文扬扬手打断她，笑得十分开心，“如果你渴望冒着风险爬进爬出，成天闻着屎尿臭味，为我们的城镇尽一份力，我又怎么会阻止你呢？欢迎你加入！”

萨蒂亚坐下了，老成员们又是震惊又是茫然地鼓了鼓掌。现在，所有需要待命的地点都有了人手，用不着再选人上阵了，所有人都松了一口气。

“真是个怪人。”卡当斯咕哝着，漫不经心地拍了拍手。

“愿意大半夜钻进下水道与怪兽搏斗的怪人。”萨蒂亚骄傲极了，仿佛拿到了期待已久的最高奖赏。卡当斯看看茉莉安，两个人困惑不已地摇了摇头。

加文告诉“下水道有鳞兽围捕小组”第二天集合商讨对策，然后就把讲台让给了公共离神事务局的霍利迪·吴。

茉莉安不知道自己以前用没用过“炫目”这个词，但她实在找不出别的词来形容这位吴女士。她脚踩一双亮晶晶的恨天高，嘴上涂着艳红的唇膏，身穿一套剪裁考究、茄皮紫色的三件套正装裙。她的黑发高高束起，扎成马尾，发尾剪得齐齐的，露出左耳廓上戴着的一整排钻石大耳钉。她比朱庇特打扮得还要精致时髦，当得起“炫目”二字。

“那么，兽务部搜寻那些讨厌的小怪兽时，非凡工程团队会关闭永泊镇的整个下水道系统以及奇迹枢纽，”她干脆利落地说道，“加文向我保证，他们的工作将在两到三小时内结束。搜捕将在黄昏时开始，因为永泊镇下水道丑八怪在那个时段最为活跃，容易定位。

“考虑到这一点，我们需要进行大规模、跨行政区的离神协作——适逢工作日的交通晚高峰，这座人满为患的城镇需要暂停运作三个小时，在此期间，人们不能搭乘奇迹枢纽，也不能冲厕所。这可不是个随随便便的请求，因为我们最不愿意的就是引起大规模的恐慌。”霍利迪用投影仪展示着永泊镇地图，那上面标着好几个大大的红色“×”。“这十三个地点，都是由兽务部测算出的高危区域——永泊镇令人作呕的爬虫繁殖聚集区——必须戒严。我们需要尽可能多地疏散人群，引导他们离开，包括住在那些地方的人也一样。现在，按惯例——”

“为什么？”茉莉安突然问道。她立刻意识到自己不该出声，但已经来不及了。圆形大厅里一片寂静，大家都转过头看着她。

“什么为什么？”霍利迪困惑地紧皱眉头，反问她。

茉莉安脸红了。奎恩长老刚才对919团讲话时，这个问题就钻进了她的脑袋瓜。可她并不打算这样大声问出来啊。她用目光向朱庇特求助，只见他冲着自己笑了。他鼓励似的微微点了点头。茉莉安清清喉咙，站了起来。

“为什么……要对人们实施‘离神’呢？”

前排有几个人在偷笑，但大部分成员似乎都很困惑。霍利迪则疑窦重重地皱紧了眉头。

“你在哗众取宠吗？”

“没有！”茉莉安说，“只是……呃，我的意思是……为什么人们不能知道永泊镇的这些真实情况呢？他们住在这儿啊。实话实说不是更容易些，也更安全些吗？如果大家知道实情，就镇定地……呃，让开那些区域，不就行了？”

她的声音越来越小，大厅里一阵哄堂大笑，有些老资格的成员还无奈地摇了摇头。

茉莉安真希望那些大怪鸟扑进来，把她从椅子上拎走，啊，飞得越远越好……就在这时，萨加长老起身一蹬，大厅里立刻安静下来。他的目光不怒自威，庞大的牛角、宽阔结实的胸膛、重重踏地的蹄子，都令人望而生畏。

“提出这个问题并非无理取闹。”他的声音很低，笼在室内听起来轰隆隆的，“有些情况，我们确实会跟人们实话实说——至少某些人，需要知道实情的人，我们是不会隐瞒的。比如说，我们的内部执法部门会定期与永泊镇警察局以及自由邦七穴权威机构联系。有时，我们甚至会跟首相府互通消息，由他们酌情告知公众。不过通常来说，不到万不得已不会这么做。”

茉莉安咽了口唾沫，忍不住再次追问：“为什么？”

“克罗小姐，告知风险，会引发不同的甚至更大的风险。恐慌的人群是非常危险的。记住我的话吧。”

说完这几句，萨加长老又用他那标志性的目光将整个观众席扫视了一遍，然后冲着讲台上的霍利迪·吴哞了一声，后者便若无其事地继续讲了下去。

“按以往情形预估，强烈反应是不可避免的。我们能尽量避免的，就是人们挡路、受伤、捣乱。”霍利迪双臂抱在胸前，马尾辫搭在一侧肩膀，“有好主意吗？”

“上一次繁殖季的办法行吗？”一个高年级学员问道，“烟火大会？让大家都往上看，别往下看？”

霍利迪干脆地一摇头：“不行，那也会吓到藏在下水道里的有鳞兽。说真的，烟火大会是我们最愚蠢的一次失败，又吵，又贵。”霍利迪轻描淡写地解释了一番，但她下巴紧绷，茉莉安觉得，那次失败应该让她很不好受。“还有别的主意吗？”霍利迪问。

议事厅里一阵热闹，五花八门的主意一个接一个，什么游行啦，全城停电啦，局部龙卷风啦……但霍利迪全都干干脆脆地否定了。

“诸位，你们刚才说的都是前四年用过的招数，开动脑筋，尝试创新，好吗？”

“我们可以向第二穴宣战！”

霍利迪倏地看向他。茉莉安倒是毫不意外——提这建议的是巴兹·查尔顿，卡当斯的资助人。

“白痴。”卡当斯小声嘀咕。

“然后呢？”霍利迪冷冷地问道。

巴兹·查尔顿耸了耸肩：“然后……停战？”

霍利迪翻了个白眼，再次扫视观众席：“不会引发进一步恐慌的办法，有吗？”

议事厅里声音渐落，到最后只剩下几声窃窃私语。大家似乎已然绞尽脑汁，精疲力尽了。终于，朱庇特举起了手。大厅里霎时一片寂静。茉莉安甚至觉得整个屋子都微微向前倾斜，像是要仔细听一听朱庇特·诺斯究竟有什么好主意。

“赏金之夜怎么样？”

“赏金之夜啊……”霍利迪重复道。她用手指敲着嘴唇，似乎陷入了沉思。“也是个办法。上一次是……十二年前了吧？”

“十四年前。”朱庇特很肯定地说，“诗人纪十七年春。当时奇迹枢纽的一趟列车获得感知能力，劫持其他列车困于地下。这需要非常高妙的离神才能办到。”

茉莉安、霍桑和卡当斯互相看了一眼，三人脸上的神情非常明确——困惑、恐惧、恼火、无奈。这种神情只在特殊情况下才会出现——你发现列车竟然活了，还劫持了其他列车，而你无意中加入的组织，人人各司其职，都在讨论这件事，你并不想掺和进去，可又不得不掺和，因为所有人都这么做。

“财政部不会允许我们总这么干。理由嘛，显而易见。”朱庇特继续说，“可这办法行之有效，参与率几乎可以达到85%~90%。”

“显而易见的理由”是什么？茉莉安想道，“赏金之夜”又是什么？

“15% 的非参与者……没有什么是我们搞不定的。”霍利迪一扬手，“好了，就这么定了，赏金之夜。听起来挺有希望的，具体讨论一下吧。”

会议又进行了一个小时，转向了天马行空、电光石火一闪念的策略规划，不论年龄资历，凡尘学院和奥术学院的所有成员全都活跃起来，或提出建议，或批评反驳，或给予支持……茉莉安觉得，这才是真正的奇迹社团。

最后确定的方案面面俱到，万无一失，绝对能保证永泊镇的全体居民不给“下水道有鳞兽围捕行动”添乱。就连 919 团——萨蒂亚除外——也分到了一项小小的任务。只不过，茉莉安隐隐有些担忧。

有时候，奇迹社团里的一切都像是考试。像是选拔赛。每当你以为自己通过了所有的考验，新的考验就又冒出来了。

要诚实。要机智。要勇敢。要忠诚。

还有……

要有用。

这一点，朱庇特早就提醒过茉莉安了——整整两年前，解释奇迹社团能给予些什么的时候就提醒过她：尊重，冒险，声望，奇迹枢纽的预留席位，以及人们口中的“别针特权”。

然而，奇迹社团给予的特权，并不是永久性的，并不是只要通过那些选拔赛就可以高枕无忧，而是一次又一次，用余生去证明你值得这特权。

她当时没有多想，可他明明告诫过她了。

会议结束后，茉莉安很想跟朱庇特好好谈谈，可朱庇特跟霍利迪·吴和萨加长老聊得正投入。她等了一会儿，但 919 团必须和其他人一起离开议事厅，等也等不了多久。

傲立楼里一片节日气氛。低年级的学员们聊着圣诞节计划，到处都是开心的、兴奋的、热热闹闹的。茉莉安和伙伴们却一直沉默着，好长时间没说一句话，就好像有人扔来一枚手榴弹，把他们都给炸晕了。他们模模糊糊地意识到，奇迹社团并非他们理解的那样简单——毕竟长老们已经暗示过了。然而，之前没有人提过，所有难题的来源都是奇迹锻工，所有工作的对象也是奇迹锻工。朱庇特也没提过。茉莉安必须跟他谈谈。

茉莉安知道，身为奇迹锻工，还是自己先开口比较好。可他们推开傲立楼大门，迎向外面的寒冷空气时，一群高年级学员却围了过来——显然是在等他们。

“现在你明白为什么人人都憎恶奇迹锻工了吧，”917 团的一个男孩儿说出了茉莉安心里忖度的话，“因为我们得不停地收拾你们弄出来的麻烦，没完没了。”

“我早就告诉过你们了，她就是个危险分子！”一个女孩儿气势汹汹地走向茉莉安。她披着一头苔藓绿色的头发，手里捏着流星镖，满不在乎地拍着自己的腿——这位可是老熟人。

海洛薇兹·里切齐是茉莉安最讨厌的人之一（这个名单上还有巴兹·查尔顿和杜尔希尼亚·迪尔伯恩，所以排名非常重要）。这个姑娘曾经让她的小喽啰把茉莉安摁在树上，然后瞄准茉莉安扔飞镖，给她个“讨厌名单第一名”也不意外。

“或许就是因为这个，长老们才一直将你的心法当作秘密保守，”男孩儿说，“他们担心大家会把以斯拉·斯考尔的罪行怪到你头上。”

海洛薇兹不怀好意地笑了笑：“说不定，真的会哟。”

茉莉安感到指尖一阵微微刺痛——奇迹能应召而来。她很想好好教训海洛薇兹一番，给她点儿颜色看。可讽刺的是，茉莉安并不知道该拿奇迹能怎么办。

危险，她想。没错。

她张了张嘴，正要说些什么，却被卡当斯打断了。

“是啊，她是危险分子，”这位催眠师郑重地向前跨了一步，“我也是危险分子。怎么，想领教领教？”

茉莉安很惊讶，而海洛薇兹和那些高年级学员立刻警惕地退开了。显然，他们根本不知道卡当斯也在这儿（这正是催眠师的可怕之处）。

“我也是危险分子啊。”萨蒂亚往前一站，双手叉腰。茉莉安震惊极了，差点儿笑出来。“我会六种武术功夫，还可以像玩悠悠球似的抡大锤。需要我证明给你们看看吗？”

“哦，我跟龙很熟，”霍桑说，“认识好几头呢。”

茉莉安忍不住笑了起来。她突然觉得身边暖洋洋的，因为919团的另外八名成员都围拢过来，护在她身边。他们在宣誓日典礼上齐声念过的庄严誓词在她耳边回响：姐妹兄弟，一生忠诚。

“我家里有不少毒蘑菇呢。”弗朗西斯狡黠地说。

“我……我能用手术刀把你的肝脏挖出来！”

这有些紧张的宣言，恰恰出自最不可能这么说的人。

“安娜伊！”茉莉安简直吓了一跳。

“哼……我办得到！”安娜伊的声音里有一点点颤抖，但她不肯退让，“当然了，得在无菌条件下全身麻醉才行。”

919团的成员们全都大笑起来。萨蒂亚一巴掌拍在安娜伊背上，马希尔则嚷嚷着“干得漂亮！”，刚才还剑拔弩张的气氛一下子就无影无踪了。他们整齐得像一个人似的，从那些高年级学员中间走过去，留下那些挑衅者站在大理石台阶上愣神儿。

他们穿过广场，走向幽鸣森林。茉莉安笑着对安娜伊说：“我们的心法可不准用在其他成员身上。”

“噢，嘘！”安娜伊小心翼翼地答道。

但她看起来真的很开心。

茉莉安回家后不久，就听到有人敲她房间的门。

她立刻就猜到了门外是谁。她很想冲着他大嚷大叫，让他走开，除非他答应自己，不再隐瞒重要的信息。

可走廊里响起的声音有点儿着急，有点儿焦躁。她改变了主意。“小茉？小茉，你在吗？我送蛋糕来啦！”

她开了门。那一蓬姜黄色的胡子，那小羊般无辜的蓝眼睛，那调动了全脸70%肌肉的笑容——果然是他。朱庇特费劲地托着一块巨大的长方形蛋糕，蛋糕上涂着淡黄色的奶油，奶油上用粉色的糖霜写着字。为了写下所有内容，他似乎牺牲了标点符号，还用了清晰的规范字体：

抱歉我没跟你提C&D但我不能总是事事顾及你我知道你因此有些别扭但有时我必须保护别的人遵守别的承诺不过我保证如果事情对你有危险我是绝不会撒谎的因为我的首要任务不是告诉你所有秘密而是保护你永远都是此致敬礼朱庇特另期末愉快

茉莉安看完了所有的字，嘴巴一动一动的，无声地念了一遍，又念了一遍。朱庇特捧着大蛋糕，胳膊都有点儿发抖了。但她没有邀请他进屋放下蛋糕，他也非常绅士地没有提出这个要求。

“‘此致敬礼’？”茉莉安问。

“本来想写‘无穷爱意’，但我怕你不好意思。”

“唔，什么口味的？”

“柠檬黄油覆盆子夹心蛋糕坯配蛋白酥皮和覆盆子奶油，”他说，“是你最喜欢的。”

确实，是她最喜欢的。

“好吧，”茉莉安点点头，站到一边，让他进屋，“带碟子了吧。”

4

极致欢庆

“噢噢噢，他背起玩具袋子，猛地一拉缰绳，驯鹿飞上天空，精灵坐在身边，他就是圣诞老人，他飞呀飞呀——”

“这首歌到底有多少种唱法……”杰克咕哝道。

茉莉安掰着手指头：“目前……我听过十六种。”

“嗯？不对，至少有二十种。他昨天不是还唱过保养雪橇的那个歌词吗？记得吗？”

“……烟囱太窄他太胖，小精灵也没办法……”

“记得呀，我算进去了。”茉莉安说，“现在怎么样？”

杰克——大名约翰·阿周那·克拉帕蒂——小心翼翼地掀起了眼罩。眼罩是一道屏障，将普通人眼中的世界与这位见证者所目睹的真实分隔开来。秘密、危险、历史，哪怕纵横交错、层层叠叠、遮盖掩藏，却在他的眼前尽数摊开，栩栩如生，色彩淋漓；然而事物的真实面目，时而令人沉迷，时而令人困惑，时而令人惊骇——这遗传自朱庇特的心法实在难以把控。

“相当……耀眼，”杰克眨眨眼睛，飞快地把眼罩戴好，“你这兴奋的程度，有点儿危险啊。”

茉莉安用胳膊肘撑在螺旋楼梯的栏杆上，俯视着下方的大堂。在丢卡利翁大饭店，她和杰克最喜欢在这儿逗留，观察他人。

不过，今天，他们主要盯着的是朱庇特，半是消磨时间，半是关心他的安全。他陷在金箔、圣诞歌和蛋酒之间飘飘欲仙，杰克有些担心叔叔是不是被圣诞气氛冲昏了头，好像一下子打开了什么开关似的……

茉莉安歪着脑袋，看着自己的资助人像芭蕾舞演员一样在大堂里跳来跳去，每当有客人登记入住，就往他们身上抛撒红红绿绿的纸屑，还有节奏地嚷嚷着起哄。

“你说他是不是在编新词儿呢？”

“……身穿红外套，漂亮又精神，一夜飞遍千家万户。送给苏茜小卡车，送给米莉小风筝，小精灵们打起来……”

杰克哼了一声：“看来是。”

“我还以为他不是圣诞老人这边的呢。”茉莉安漫不经心地说着，瞥了一眼杰克。杰克不耐烦地把黑亮的头发从脸上拨开：“我好像没听他唱过圣诞夫人歌……你呢？”

圣诞节期间的两位大人物圣诞老人和圣诞夫人相争多年，

互不相让，而争执的焦点就是，谁最能烘托圣诞气氛，体现圣诞精神。永泊镇人用颜色来代表自己的态度：红色即支持热闹、快乐的圣诞老人，绿色即支持优雅、无华的圣诞夫人。大家都把这当作严肃重要的大事，只有茉莉安觉得有点儿过分了。

每一年，两派之间的争论都会在平安夜达到最高点，两位领军人物的“大战”更是令人叹为观止。如果圣诞老人赢了，他就会将礼物塞满所有的短袜，将火焰送进所有的壁炉；如果圣诞夫人赢了，她就会让皑皑白雪覆上每一片屋顶，让美好的祝福降临每一户人家。（其实，每一年的平安夜，圣诞老人和圣诞夫人都会宣布停战，这样所有人都赢了——这已经是公开的秘密了。）

杰克瞪着茉莉安说：“圣诞老人的歌总是那么好听，这可不能怪小朱叔叔。给那个老滑头编歌词的人多着呢！”

茉莉安咧开嘴笑了。杰克是圣诞夫人派，要气气他也太容易了。这已经成了茉莉安最喜欢的假日消遣。

还有不到一个星期就是圣诞节了，茉莉安也很期待。这是她搬到丢卡利翁大饭店之后的第二个圣诞节。这是一座神奇的、有生命的大饭店，它有自己的小心思，经常毫无预兆地就变了形态——今年，这里愈发可爱，确实令人自豪。

吸烟室兴奋得过了头，墙壁上析出的应季烟雾不停地变来变去，不知道还会冒出什么新鲜的花样。它可以在十分钟之内，先喷出白兰地黄油烟雾（茉莉安挺喜欢，要是再浓些就更好了），然后变成深紫色的糖渍李子烟雾（香浓甜美，闻一会儿都要晕了），接着又变成舒缓的、香喷喷的烤栗子烟雾。朱庇特也觉得很好玩儿，不过后来，墙壁上喷出了黄绿色的煮豆芽烟雾，他只得好言好语地劝吸烟室冷静点儿。

进入十二月，大堂就开始慢悠悠地变起来，一天一个样，仿佛要细细品尝假期里的每时每刻。第一天，黑白相间的棋盘格地板上冒出了一棵小杉树。小树轻巧地劈开大理石，笔直笔直地向上生长，树干底部散落的那些碎石块可把可怜的凯吉瑞吓坏了，他当时正自顾自地在服务台忙着呢。

一大早，小树苗已经长大了，差不多和大堂一样高，刚好挨着天花板上的那盏黑色鸟形吊灯。为了庆祝节日，吊灯也变成了银色，所以眯起眼睛看的话，它就像立在圣诞树顶端的天使。

三个星期之后，丢卡利翁大饭店的大堂已经变成了一片浓郁的针叶林，鸟儿在其间歌唱，杉树和泥土的清香沁人心脾，树枝上还压着沉甸甸的积雪。

这当然不是真的雪，可也正是因此，才越发显得神妙非凡。在这大堂森林里，又厚又蓬、闪闪发光的洁白雪毯既不融化，也不结冰，不会变得滑溜溜，也不会变得脏兮兮。日子一天天过去，它还是一如最初那样蓬松、明亮，摸起来不湿也不凉，穿着靴子踩进去嘎吱嘎吱响，舒服极了。

几天之后，钱达·卡莉夫人——著名的女高音歌唱家、林地语者爵级勋章获得者——认为这森林里要是有野生动物就更漂亮了，于是敞开丢卡利翁大饭店的大门，唱起了她最喜欢的圣诞歌《圣诞夫人赞美诗》。可爱的小动物们难以抗拒她的歌声，全都聚拢过来，在大堂森林里自由自在地玩耍着。茉莉安最喜欢的是一只红色知更鸟。这只小鸟每天早饭后都会来跟她打招呼，然后在雪地上留下它的小脚印。

因为太冷，门房凯吉瑞哪怕在屋里也要穿着大衣、戴着围巾和手套，他和司机查理挖了几个火塘，好让等待入住或退房的客人烤烤火，暖暖身子。尽管有这些小小的不便，丢卡利翁大饭店的节日气氛还是让客人和员工们开心不已。朱庇特也沉浸在圣诞节的愉悦之中，每天早上都要往他那把姜黄色的大胡子上挂小铃铛、小彩灯。

“还嫌自己不够烦人似的。”每当朱庇特叮叮当当地穿过大堂，客房部主管华姿猫芬内斯塔就如是抱怨。

脾气古怪的芬内斯塔像所有的猫一样，不喜欢寒冷的天气，也不喜欢闹腾喧哗，但就连她也被浓浓的节日气氛感染了。

“我看见小芬在打滚儿！真的，我看见了！”年轻的服务员玛莎轻声说道。当时，茉莉安正在她的兽足浴缸里泡澡。“打滚儿！在雪地里！像普通的小猫咪一样！”

“什么！”茉莉安猛地抬起眼睛。她从梳妆台上选了最喜欢的粉玫瑰泡泡浴油，震惊之下往水里倒了半瓶子。泡泡变成了玫瑰花蕾，几秒钟后，鲜花铺满了浴缸，又溢出了几百朵，洒落在大理石地板上。“你说小芬？你确定？”

华姿猫芬内斯塔的个头儿跟一头小象差不多，而且对大多数给人带来欢乐的东西不屑一顾，所以茉莉安实在想象不出这幅画面。

“哎呀，天哪，我以生命起誓，是真的！”玛莎一只手捂着心口，神色庄严地说，“我看见她在大堂的林子里追野兔，不过看那野兔的样子就知道，那是在闹着玩儿。”

唯一一位对节日装饰不太满意的，是吸血鬼侏儒弗兰克。他是常驻丢卡利翁大饭店的宴会策划专家，可今年，他为一年一度的“丢卡利翁大饭店圣诞晚宴”策划的主题被否决了，所以很不高兴。

“我本来计划得好好的！”弗兰克哀叹道。看样子，大堂里的这片森林是要维持整个假期了。“连要送出去的请柬都准备好了！那我重新设计好了！今年来个‘黑色魅惑’主题怎么样？都弄成黑色、金色、滴滴答答的红色。燕尾服与晚礼服。钻石与黯淡的灯光。还有那些跳来跳去的、大眼睛的林地奇状动物，多可爱，要是缺了它们可没法儿营造‘黑暗魅惑’。我要给这地方增加点儿典雅的气氛，看看效果如何。兔子和獾……”他装腔作势地喝下一整杯蛋酒，擦擦嘴巴，心痛地望着站在树枝上唱歌的蓝知更鸟，“真是浪费我的才华！”

最后关头改换主题举办的宴会，成了丢卡利翁大饭店有史以来最成功的一次，这让弗兰克更生气了（无疑也暗暗松了口气）。第二天，永泊镇所有大报的社会版都刊登着全彩照片，照片中，各界名流和贵族宾客丢开了拐杖糖鸡尾酒，跟那些甜美可爱的林地奇状动物在一起，柔声细语，温温软软（弗兰克龇着獠牙，一脸抑郁地站在最后面）。

到目前为止都是傻吃傻玩，而这样有点儿无聊的圣诞假期，还有一个星期。

平安夜当晚，茉莉安躲在卧室里练习召唤奇迹能。这个星期，上个星期，上上个星期……从她关停邪灵黑市的那天起，每一天晚上，她都要练习。身为奇迹锻工，茉莉安吸引的奇迹能越来越多，她不能抵抗，但可以疏导。于是，茉莉安听从朱庇特的建议，开始了这神圣的夜间仪式。奇迹能包裹着她，持续不断地流淌、涌动，它无形无声，但确确实实地存在，甚至急切地渴望着为茉莉安所用。然而，只有炉火纯青的奇迹锻工才能驾驭奇迹能，而茉莉安，尽管在过去的一年里学了些皮毛，距离炉火纯青还差得远呢。

她现在明白自己所处的危险境地了——作为奇迹锻工，她的潜力和她的能力之间存在着巨大的鸿沟。比如说，她召唤奇迹能的临界值，就成了以斯拉·斯考尔控制她、利用她实现自己目的的工具。

对于永泊镇的大部分人来说，以斯拉·斯考尔是“最后的奇迹锻工”。他们谈论起他的时候，总是压低声音，慌里慌张，好像他是某种虚构的怪物。可茉莉安却知道，他是真的、活生生的威胁。

除了最好的朋友，茉莉安并不想跟别人分享这个秘密。现在，奇迹社团的所有成员都知道她是奇迹锻工，这已经够糟的了。如果再让他们知道，她和永泊镇最大的敌人见过好几次面，甚至还被动地从他那儿学了些什么……他们肯定会举着火把和草叉把她赶出永泊镇的。

茉莉安不知道以斯拉·斯考尔会不会再来。虽然永泊镇自身的古老魔力将他隔绝在外，但任何力量似乎都无法阻挡他经由虚空线路来来去去——虚空线路是一张由能量构成的网，无形无影，却将无名之域的一切联结起来。如果茉莉安继续放任奇迹能汇聚到自己身边，却不加引导，不加处理，那么斯考尔就可能借虚空线路之"手"，操控茉莉安和她身边的奇迹能。想要保护这座城镇，这个她现在的家，茉莉安必须学会召唤和使用奇迹能。

"破晓期之子，快乐又温婉。"她轻声唱道。几乎不用费什么力气，她就能感觉到指尖上的微微刺痛。她越来越娴熟了。尽管声音还是有些颤抖："阑夜期之子，邪恶又野蛮。"

茉莉安对所谓的"奇迹能诡术"仍然知之甚少。一想到这个，她心里的沮丧就怎么也散不开了。不过她知道，至少，自己是很重要的。

奇迹能五诡术之一是夜曲。召唤奇迹能的方法，简单来说就是唱歌。

而另一种诡术烈焰，则用于创造和操控火。

这就是以斯拉·斯考尔给她上的两堂课。

每一天，每一夜，茉莉安反复咀嚼这仅有的一点点认知，一遍又一遍地打磨，让这本领日臻完善。如果自己的未来就是成为技艺出色的奇迹锻工，那么茉莉安希望接下来可以船到桥头自然直。

“破晓期之子，伴随黎明而来。阑夜期之子，掀起暴雨狂风。”茉莉安闭上双眼，兀自微笑。她能感觉到那柔和但坚定的能量在自己身边悠游缠绕，安然汇聚于她向上托起的手掌。“你要去哪里，晨曦的男孩儿？与太阳同升，和风轻暖。”

茉莉安并不理解为什么是“唱歌”。当你做好准备，想要使用奇迹能的时候，为什么要用“唱歌”这种方式来给它信号召唤它呢……不过，作为奇迹锻工，她不明白的东西还多的是呢。

真的，好多都不能理解。

几乎全部，都不能理解。

“你要去哪里，夜晚的女孩儿？”茉莉安小心翼翼地睁开眼睛，看见自己的卧室笼在浅金色的光芒之中——如今，她已经很熟悉这种光了。

至少，这是她能够理解的：她召唤了奇迹能，奇迹能出现了。它灵巧地跳跃着，在地板上投下一小块一小块的光斑，像脉搏跳动那样一颤一颤地闪啊闪啊，仿佛一见到她就高兴。

茉莉安咧开嘴笑了。一首歌都还没唱完呢。

她做得真不赖。

在卧室外的走廊上，茉莉安跑向煤气灯和烛台，一盏一盏，一支一支，悉数吹灭，让东座四楼完全被黑暗覆盖。然后她静默立定，闭上眼睛，任由熄灭的灯芯喷出的烟雾在四周盘绕。她嗅着灰烬的气味，在心里描摹出一丛细弱的火焰。

一团火焰，渐渐在她胸膛里燃起。

烈焰。

她将心神集中到这团火焰上，感受着它的生长、膨大，以及由内而外的暖意。她睁开眼睛，沿着原路返回，再次经过那一盏一盏的煤气灯，一支一支的烛台，精准而完美地将星点火焰送上灯芯。她轻轻松松地点亮了整个走廊，心里不由得冒出几分得意。

“你可真是个爱炫耀的家伙。”相隔数个房间，就是杰克的卧室。他打开门走了出来，看到茉莉安正给最后一根灯芯注入光亮，便摇了摇脑袋。“真的有这个必要吗？每天晚上都来一遍？”

茉莉安看看他，哼了一声，没理睬他的质疑：“帽子不错啊，花椰菜头。”

“丝带不错啊，消费主义的糟粕。”杰克拽了拽茉莉安辫子上的红色蝴蝶结，又摸了摸自己脑袋上那顶过时的绿色帽子。去年平安夜，他戴的也是这顶帽子，一眼看过去就像脑袋上长出了一棵奇奇怪怪的绿色花椰菜。茉莉安怎么想也想不明白，杰克为什么要选这么一顶丑到家的帽子。不过话说回来，杰克可能也不明白，茉莉安为什么要支持圣诞老人，而不是自己钟爱的圣诞夫人。

说真的，去年“平安夜之战”之后——茉莉安是第一次参加——她的立场就有点儿动摇了。她确实很喜欢穿着红衣服、总是开开心心的圣诞老人（杰克称之为“奴役精灵的私闯民宅者”），但优雅深沉的圣诞夫人却给了她更深层次的喜悦，甚至是感动。

不过，茉莉安不想让杰克知道，自己和他持有相同看法，否则他可就要得意忘形了。

杰克对着门厅的镜子，检查了帽子的角度，然后又稍微调整了一下眼罩，最后点点头，显然对自己的这副模样非常满意。

“走吧，”他对茉莉安说，“快点儿下楼去，不然就得和小朱叔叔乘一辆车了。我今天可不想再听圣诞歌了。”

5

斯威夫特一家

勇气广场上涌动着兴奋，这兴奋仿佛随时都会满溢出来，变成无尽的喜悦。数千名永泊镇居民聚集在这里——浓重猩红与翡翠鲜绿，两片汪洋，屏息无声——等待着一年一度的圣诞大战。决胜时刻就要来了。

这是令人激情澎湃、气势恢宏的对决。茉莉安此时还回味着那热乎乎的黄油五香馅饼，那是从圣诞老人的礼炮中发射出来的，一块一块的馅饼用小小的红色丝绸降落伞包着，飘飘忽忽地落在她的手掌上。不过，这只能算是她“比较喜欢”的时刻。“最最喜欢”的时刻，要数圣诞夫人带来的萤火虫祥云——星星点点的亮光在勇气广场上空翩翩飞舞，犹如欧椋鸟的低鸣，让人忍不住想要沉醉其中。茉莉安原本以为去年的大战就是登峰造极之作，可现在她才激动地发现，自己猜错了。

“把蜡烛拿出来。”朱庇特轻声说道。杰克和茱莉安，还有整个勇气广场上的人，全都从外套口袋里掏出随身带着的蜡烛，高高举起。

压轴的表演来了。圣诞老人搓搓手，开始转圈圈。他转啊转啊，转了一圈又一圈，还向人们伸出了双手。只听火焰发出长长的一声呼啸，“嗖——”，烛芯一根接一根地燃烧起来了，烛光连缀而成的螺旋光圈，从广场中央向外次第亮起。

广场被照得亮堂堂的，可是也静悄悄的，没有一个人出声。

打破这寂静的是圣诞夫人的雪猎犬。那高大洁白的神奇大狗，听从主人的命令，昂首向着月亮，大声吠叫起来。回应的叫声渐渐从各个角落涌出，此起彼伏，仿若一场狗狗们的大聚会。茱莉安觉得后背凉飕飕的，可她一点儿也不怕，反而觉得心里油然生出一股惬意。

这是她最最喜欢的环节。她闭上双眼，仰起脸冲着天空。空气静止了。她能闻到雪的气息。

来了。雪花慢悠悠地飘落，一片一片。

它们越来越急，越落越快。

纷飞的雪花抱着团儿、打着旋儿，似乎是某种有生命、有意志的东西。不知不觉之间，一场寒冷的暴风雪挤满了所有空间，它们来得那样迅猛，纯白的冲击让茱莉安有点儿睁不开眼。

接着，悠扬深远、令人肃然的声音从远处蔓延而来。那声音像五十头狮子在咆哮，又像一千只银铃在摇晃。无形散漫的暴雪升上天空，凝聚成一条长长的雪龙。它扶摇而起，冲上九霄，翻转腾挪，气势超凡绝尘。它展开巨翅，抖落片片雪花。茉莉安、朱庇特、杰克，还有勇气广场上的其他人，都摊开手掌，捧住这从天而降的冰凉和喜气。

“噢噢噢噢！”朱庇特叫道，“绝妙！绝妙！出神入化！”

杰克则大声嚷嚷起来，还得意地瞥了茉莉安一眼：“圣诞夫人赢定了！”

可对决还没结束。圣诞老人可不愿就此认输，他示意大家把手里的蜡烛举高些。只见那星点火苗越来越亮，越来越大，最后竟然从烛芯上一跃而起，在空中汇聚成一朵云彩般的火焰。茉莉安迎着火光，眯了眯眼睛。热气一阵阵地直往她脸上扑。

当她再次睁大眼睛时，火云已经成了金红色的火鸟，望之令人目眩，美艳不可方物。火鸟闪动着烈烈燃烧的翅膀，腾云驾雾，越飞越高。

“噢噢噢噢！”朱庇特叫道，“神奇！神奇！登峰造极！圣诞老人，太棒了！”

茉莉安简直不敢相信自己看到的一切。她转向杰克，见他也惊叹不已，不由得开怀大笑：“你刚才说什么？”

火鸟和雪龙相映起舞，它们拥抱着对方，像一座赤红和莹白相交盘绕的巨塔，笔直地升上天空……在最后一次撞击与交融之中，火熄灭了，雪蒸发了，火鸟和雪龙转瞬消失，只将余光残影留在漆黑的空中和人们的眼中。

惊叹而敬畏的沉默笼罩着广场。

而后，欢呼声轰然响起，震得茉莉安不得不捂住了耳朵。

圣诞大战结束后，广场上的人山人海涌向四面八方，茉莉安觉得自己可能找不到霍桑和他的家人了——她有点儿后悔，要是提前定个碰面的地点就好了。不过，她显然用不着担心，霍桑一家先找到了她。

“茉莉安！在这儿呢！嘿！”她的朋友激动地跑了过来。茉莉安和朱庇特、芬内斯塔正在广场中央的喷泉旁边等着，果然这样目标明显更好找。而杰克和其他人怕冷，不愿在雪地里待着，所以先乘马车回家了。

霍桑和妈妈、爸爸、哥哥、姐姐、妹妹都来了——斯威夫特一家无疑是圣诞老人的支持者，六个人从头到脚都是深深浅浅的红色（不过，茉莉安好像瞥见戴夫的深红色灯芯绒长裤底下配着一双荧光绿色的袜子）。

茉莉安开心极了：“圣诞快乐！”

“幸好你们先找到我们了。”朱庇特一边搓手一边呵气取暖，大胡子上沾满了雪粒。

“哎呀，这有什么难的，我一眼就看见小芬的大脑袋了！你好呀，小芬，圣诞快乐！”霍桑兴高采烈地嚷嚷着，嘴巴里冒出一蓬一蓬的白雾。芬内斯塔却气哼哼地瞪了他一眼，转过身去，高高地翘起了尾巴。“不愧是你，小芬。海伦娜，我跟你说过吧，小芬多可爱！”

茱莉安已经见过这家人好多次了——爸爸戴夫，妈妈卡特，哥哥霍默，小妹妹达维娜（大家都叫她“小戴夫”）——而今天，她才第一次见到霍桑的姐姐海伦娜。十五岁的海伦娜就读于戈贡哈尔基础气象学院。学院坐落在第六穴远离海岸的小岛上，正处于一个永久气旋的中心，所以海伦娜要离校回家其实不太安全。

“她真大，真美！”海伦娜满心赞叹，睁大眼睛望着华姿猫，“真是猫中女王！”

就在这时，一个年轻人匆匆经过，不小心踩到了芬内斯塔的尾巴。芬内斯塔咆哮着扑了过去，一张大脸逼到对方眼前，露出硕大的黄色利齿，咝咝咝地威胁着。那可怜的年轻人立刻就吓呆了。

“真是女王！”海伦娜轻声惊叹。

斯威夫特一家六口到齐，茱莉安仔细观察，发现他们完美地分成了两个“阵营”。一方是霍桑和海伦娜，姐弟俩遗传了卡特的棕色卷发和修长四肢；另一方是霍默和小戴夫，兄妹二人更像爸爸，继承了维京血统的黄色头发和强壮身材。

“我们会把茱莉安送回家的。”戴夫对朱庇特说道。

“噢，不用操心，”朱庇特指了指芬内斯塔，“让我们的客房部主管照顾她就好。”

戴夫紧张地看了看芬内斯塔，她听见两人的对话，正怒气冲冲地瞪着他们呢。“呃……你确定要这样吗，诺斯队长？我们……呃，那个……我们其实不麻烦……”

“噢，不不，不用客气。”朱庇特安慰他，“说实话，华姿猫当客房部主管挺差劲的，但反正也给她发薪水啦，要是不让她跑跑腿，可就只剩下睡大觉了。对不对呀，小芬？”他说着冲芬内斯塔挤了挤眼睛。

“今晚你就抱着臭鱼睡吧。”芬内斯塔气鼓鼓地说。

“意思是，小芬要把沙丁鱼塞到他床上。”霍桑大声跟妈妈解释，还爱怜地看了看华姿猫，“不愧是你，小芬。”

“霍——昂——”他们往勇气广场外走，小戴夫拽着霍桑的红色套头衫撒娇，“霍——昂——抱抱，我累啦。”

“不行，小戴夫，”霍桑躲着她，“你已经是大孩子了，都快三岁了！所有三岁的孩子都应该像大人一样，自己迈腿自己走。”

听了这话，摇摇晃晃的小姑娘可不高兴了。茉莉安倒是可以理解——本来嘛，霍桑一家一直都是“小戴夫小戴夫”地叫，怎么能说服小姑娘认为自己“已经是大孩子”了呢？

达维娜忽闪着金色的睫毛，仰脸瞪着霍桑。“霍——昂——”她发脾气的声音把茉莉安吓了一跳，“抱抱！我累了！”

“哎呀，好吧好吧。”霍桑停下来，费劲地抱起了妹妹。大家跟着霍桑的爸爸来到奇迹枢纽，穿过人来人往的旋转门。达维娜端坐着，心满意足地扫视着人群，就像一位身材矮小但神圣不可侵犯的维京女王。

戴夫建议大家躲开欢庆的人群，不要在距离勇气广场最近的加勒多尼亚马戏团站上车，而是直奔葱茏门站。不过，他没料到的是，大部分人都跟他有同样的想法，所以，当他们千辛万苦抵达整条线路最繁忙的一站时，小戴夫已经不耐烦了，非要“霍昂”把她放下不可。

“手拉手！排成一队走！”霍桑的爸爸大声叫道。他领着大家穿过错综复杂的楼梯，往站台那里走。“一个挨一个！别走散……啊，不好意思，女士，我只是在……噢，您请，您请……好，大家听我说，手拉手，别走散……啊！”

可是，这注定是要失败的。人潮就像大海，涌向哪里可说不好。一趟列车进站了，车门一开，一大批乘客冲了出来。等车的人耐着性子，下车的乘客前脚刚离开，他们后脚就往车上冲，人人都渴望挤进车厢，不然就得再等下一趟了——要足足多等两分钟呢。

就在这一团混乱之中，不知道谁的手滑脱了，斯威夫特一家的队伍断成了两段。茉莉安看见卡特、戴夫、海伦娜和霍默被人群裹挟着，推上了一节车厢，而她和霍桑、小戴夫被冲到了后面，只能等下一趟车了。

“小戴夫在哪儿？”霍桑的爸爸惊慌失措地大叫起来。而这时，卡特使劲儿用胳膊肘推开人群，想挤回他们身边，不过没能成功。“小戴夫跟谁在一起呢？”

“在我们这儿呢！”茉莉安连忙回答他。她紧紧地攥着达维娜那胖乎乎、汗津津的右手（左手被霍桑拉着呢）。

戴夫满头大汗，焦急不已，眼珠子都要瞪出来了。他在人群里跳来跳去，努力地寻找着他们的身影，慌慌张张地叮嘱道：“好好！你们三个！别走散了！我们在塔克公园站下车！一共十二站！听见了吗？”

“我知道咱家在哪儿！”霍桑冲着他叫道，“放心吧，爸爸！”

车厢里人挤人，像码在坛子里的泡菜似的，但大家还是说啊笑啊，兴奋不已。车厢这头有人忍不住唱起了《绿色是欢愉之色》，片刻之后，车厢另一头就响起了《红色的雪橇跑呀跑》。两边像比赛似的，你方唱罢我登场，但很快就变成了开开心心的全体大合唱。

“老爸真是太爱发愁了。”霍桑嘟哝道。不过，茉莉安留意到，尽管他眯起眼睛望着飞驰的列车，却牢牢抓着小戴夫的小手不放——其实，他俩都一样：因为和大家走散了，要照顾好这个蹒跚学步的小姑娘，就更显得责任重大。

霍桑弯下腰，又把妹妹抱起来了：“哎哟，我的天，老爸老妈给你吃了些什么呀？一整只鸡吗？你都快跟我一样沉了！”

“霍——昂，我要下去！”小家伙扭来扭去不让抱。但这次，霍桑拒绝了。

“嘘！小戴夫，”他说，“这儿太乱了，等……嗷！”小家伙狠狠地咬了他一口，都咬出牙印了。霍桑抬起胳膊，半是惊讶半是欣赏地看了看自己的手腕。“你看看，”他大笑着对茉莉安说，“她简直是条小鲨鱼！”

小戴夫冲着茉莉安咧嘴一笑。茉莉安默默地往旁边挪了挪，暗下决心，绝不让这咬人的家伙靠近自己的胳膊。

每到一站，都会有一大批乘客下车，车厢里也就松快一些。列车驶过几站之后，车厢里不那么挤了，霍桑便把他那抱怨连连的小妹妹放了下来。

“茉莉安，抱抱，我累啦。”小戴夫站了还不到一分钟，就又开始撒娇了。她拉着茉莉安的手，夸张地往后倚。茉莉安使出全身力气才撑住她。

“小戴夫，听话，”她哄着小姑娘说，“只有几站了。”

“求求，茉莉安，抱我，求求。”小戴夫吭吭哧哧地呜咽起来，蓝色的大眼睛立刻噙满了眼泪。茉莉安吓了一跳，惊讶地看着她，不知道该如何是好。

霍桑大笑起来，唱歌似的说：“她跟你闹着玩儿呢。”

几位坐在旁边的老太太同情地看着这一幕，不满地打量着他们。

“真是硬心肠。”茉莉安听见她们小声地嚼舌头，不由得涨红了脸。

“就是，”另一位毫不客气地瞪着茉莉安，声音大得就像直接质问她似的，“那小宝宝明显就是累坏了，多可怜。”

列车又到了一站，茉莉安撑不住了，只好让步，把小戴夫抱了起来。这下小家伙高兴了。

“哎哟，”她咕哝着换了脚下的重心，“我可不知道能抱多久啊，小戴——”

车厢的一端突然发出一声尖叫，接着又是一声咆哮，听起来有点儿像芬内斯塔发怒时的声音。茉莉安紧张地四下张望，想看看出了什么事。但人太多了，把她的视线挡住了。

“怎么回事？”霍桑问。

车厢尽头，有人愤怒地嚷嚷起来：“它挠我！这可恶的家伙，竟然挠我！克拉丽莎，你看，我都流血了！真的流血了！”

茉莉安踮起脚尖，刚看清楚就立刻缩了回去：“噢！天哪！怎么有一头豹子！呃，不对，是……奇豹！”

她之所以说那是一头“奇豹”而不是“豹子”，是因为那大猫脖子上戴着一串粗粗的珠链，一侧毛茸茸的耳朵尖上还戴着钻石耳环，一看就知道很贵。再说，普通的豹子怎么可能搭乘奇迹枢纽呢？

从远处看，有时很难分清“奇迹动物”和“奇状动物”。前者是有知觉、有自我意识的生物，能讲人类的语言，完全融入了人类的社会；后者就是在自己的族群中正常生活的普通动物。当然，在奇迹动物当中，辅奇迹动物更好辨认，因为他们拥有更多的人类特征。

至于元奇迹动物，他们在外貌上和奇状动物很相像，很容易让人困惑，除非……他们开口讲话，抱怨天气，或是跟你打听最近的伞轨车车站在哪儿。也正是因此，元奇迹动物通常会穿着剪裁特殊的衣服，至少也要搭配帽子、眼镜之类的俏皮小配件，好表明自己的身份，免得陌生人认错，怪尴尬的。

而眼下车厢里的这头奇豹，要不是她戴着珠宝，而且自己搭乘公共交通工具，还真有可能被误认作从永泊镇动物园溜出来的奇状动物。在茉莉安看来，她这副模样完全就是一头豹子——像狩猎的大猫那样嗅着四周，一点儿也不像拥有人类思想的模样。

奇豹咆哮着穿过车厢，朝这边来了。她冲着乘客们龇牙咧嘴，强壮有力的下颌和利齿吓得大家四散躲避。茉莉安觉得喉咙一阵发紧。她试着咽了口唾沫，却只觉得嘴巴里干干的。此刻她能做的，只是紧紧地抱住小戴夫。霍桑挡在她俩前面，保护着妹妹和朋友。

车厢的窗子突然亮了，外面掠过下一站的站台，列车开始减速，茉莉安松了口气。

"咱们就在这站下车，"霍桑当机立断，"然后乘下一趟列车，到塔克公园和大家碰头。只晚几分钟，老爸老妈不会生气的。"

"就这么办。"茉莉安一边盯着那头行为怪异的奇豹，一边跟着霍桑往最近的车门那里走。

时间在这一刻变得漫长无比，车门仿佛永远也不会打开似的。奇豹已经跟了过来，仍然四下嗅着，像在寻找什么东西。小戴夫对逼近的危险浑然不觉，她拽着茉莉安辫子上的红色蝴蝶结，高兴地咯咯大笑起来。

奇豹听到笑声，静了下来，死死盯住了小戴夫，而小戴夫还在兴奋地尖叫。

一切都发生在转瞬之间。

茉莉安看见奇豹的眼睛像绿宝石似的闪着，好像有人突然打开了眼珠后面的开关。她跳上车窗，跃上车顶，在惊叫连连的乘客之间蹿动，最后落在他们面前，咆哮着咧开大嘴，露出了锋利的牙齿。

茉莉安的脑海里闪过一个念头：召唤奇迹能，然后采取行动。可是事发突然，前后不过几毫秒，根本来不及。再说，就算她知道该怎么做，怀里还抱着小戴夫呢。

奇豹弓起身子，准备扑向他们，这时——

砰！

刚才窃窃私语的那几个老太太从座位上跳起来，甩动着她们的手提包、毛毡袋——天知道她们都装了些什么，那些小包看起来全都沉甸甸的——一拥而上，把那头奇豹团团围住。愤怒压过了恐惧，老太太们铆起劲来，打得奇豹左躲右闪，连连退缩。

"好大的胆子——"

"那是个小宝宝啊！"

"真不害臊！"

"那可是个小宝宝啊！！"

"滚开！豹子！"

"老天爷，那可是个裹着尿布的小宝宝啊！"

"学者路口站到了，"扩音器里响起了平和悦耳的报站声，

“请去往永泊镇大学西校区的乘客抓紧时间下车。”

列车终于停稳了，车门也终于打开了，那头奇豹无路可逃，只能跳出车厢，蹿到了站台上——实际上，她是被那几位凶神恶煞的老太太强推下去的。

“滚！快滚！”

“看你下次还敢不敢！”

“奇迹枢纽就不该放奇迹动物进来，真是的……”

砰的一声，车门关上了，车厢里立刻爆发出一阵掌声。

“谢……谢谢你们……”霍桑心有余悸地说道。

“对对……谢谢，”茉莉安都喘不过气了，“谢谢你们，谢谢。”她只觉得脑子里一片空白，也不知道应该说些什么。

“可怜的小乖乖，”其中一位老太太爱怜地戳了戳小戴夫的脸蛋，“吓坏了，是不是，你这可爱的小宝贝儿。”

然而，“可爱的小宝贝儿”一点儿也不害怕，反而被刚才的惊险一幕逗得咯咯笑。小戴夫看见那头奇豹气急败坏地在站台上跳脚，呼哧带喘地咬牙，竟然还挥着小手跟她道别呢。反而是霍桑……茉莉安注意到，他的脸都白了。

“咱们……呃，这事儿别告诉老爸，”他把妹妹从茉莉安怀里抱了过来，用肚子撑着她，费劲地上下掂了掂（不过没有成功），“要不然他该没完没了地自责了。咱们走散了也不怪他嘛。我跟老妈说一声，她比较冷静，呃，明天说吧，啊不行，会影响圣诞节的气氛。要不后天再说吧……”

茉莉安点点头。这之后，小戴夫一直用力地拽着她辫子上的红色蝴蝶结，她也顾不上在意了。

“噢！乐队！”海伦娜打了个响指，“圣诞老人的乐队！虽然看不见，但所有的乐器都没闲着！这是最精彩的部分了！”

“你们吃百果馅饼了吗？那真是我吃过的最好的。”卡特说。她和戴夫挤在一张软塌塌的沙发上，而小戴夫卡在他俩中间——由于奇迹枢纽中的一番历险，她已经累得呼呼大睡起来——一只手还插在爆米花碗里。“茉莉安，你最喜欢的是什么呢？”卡特问。

茉莉安一边想，一边烤着棉花糖，蓬松的糖串在火焰上嗞嗞作响，边缘有点儿发黑了。（斯威夫特一家的平安夜传统就是团团围坐在火边，把一切能吃的、能穿在小棍上的食物都拿来烤着吃。茉莉安还挺喜欢的。）

“火鸟。我最喜欢火鸟。”她想了半天才回答。

其实，她一直惦记着那只火鸟。圣诞老人是怎么做到的呢？她现在已经完全明白该如何让火焰服从自己的意志了——在任何地方都能召唤它——可圣诞老人今年的表演却似乎更神秘、更令她费解。

他能那么精准地控制火，难道他也学过烈焰？是这个原因吗？或许，那只是巧妙设计的小花招？是由好多人一起设计、相互配合、共同实施的表演？一场复杂精妙的幻觉演出？

或许……圣诞老人……也是奇迹锻工？

这是不是很荒谬？毕竟，奇迹锻工只有九个，奎恩长老是这么说的。除了她和以斯拉·斯考尔，另外七个在什么地方呢？会不会其中一个，就是身穿红衣、派送圣诞礼物的那个家伙？

茉莉安偷偷地笑了。一想到可能还有个奇迹锻工也在世，甚至还出现在她眼前，她就莫名地激动，觉得……有希望了。

可这想法太疯狂了，简直就是天方夜谭。

“话说回来，这都要感谢圣诞夫人，”戴夫打断了茉莉安的白日梦，“那头雪龙多棒啊。小戴夫说她也想养一头当宠物。明年的生日礼物就是它了，哈哈！”

“总有一天我会拥有自己的龙。一头真真正正的龙。”霍桑一边舔着手指上的棉花糖，一边正儿八经地说道。海伦娜哼了一声，霍默则翻了个白眼，讽刺地晃了晃大拇指。“喂，是真的，真的，小南说的！她说只要我继续努力训练，在今年的驭龙锦标赛中取得好成绩，那么等我低年级毕业，升入高年级之后，就给我物色一头小龙，让我把它养大，跟我一起训练。属于我自己的龙，别人都不能骑！是真的，霍默，别笑了！”

茉莉安惊讶地抬起头，看了看霍默，发现他虽然一声不吭，却真的在小黑板上写下了“哈哈哈”几个字。霍默就读于冥想音乐学院，发誓每年只有一天可以讲话，所以随身带着小黑板。不过，誓言可没说不能嘲笑、讥讽、阴阳怪气。茉莉安还挺喜欢他这一点的。

“身边霍桑傻乎乎，”海伦娜用烤肉串戳起一大块奶酪，“为什么龙的名字都这么傻啊？”

霍桑皱着眉头：“什么？闭嘴！它们的名字才不傻！”

“不，就是很傻，”海伦娜坚持道，“它们的名字总是那么长，那么浮夸，什么‘荣耀飞翔勇夺胜’‘怒焰烈火强破敌’，诸如此类。”

“哎呀，那都是比赛时用的名字，”霍桑耸耸肩，先吸溜吸溜地喝了几口热巧克力，才继续说道，“所有参加锦标赛的龙都要登记在册，所以得取个独特的名字。要知道，锦标赛已经办了四百多年，那么多龙的名字都不能重复，当然会越来越长。必须得有点儿创意才行啊。”

“那不是有创意，是自恋，”海伦娜说，“比如去年在‘混合近战’项目拿到金牌的那头，叫什么来着，‘庞然巨爪无人及’？哎呀，说真的，其实人人都知道，驭龙者给龙取的名字，其实是在标榜自己。他们只是不够坦诚、不好意思承认罢了。霍桑，要是你真的能拥有一头龙，你就照着自己的模样给它取名字吧。比如说……我想想啊，‘将勤补拙还是拙’？”她边说边笑。

斯威夫特一家人都大笑起来，就连霍桑自己也笑了。

“还得更具体些，”卡特眼睛一亮，“‘对镜练习真英姿’怎么样？”

“挺不错的，”霍桑一伸手，从妈妈的烤肉串上撸走了一大块棉花糖，“要是也给你取个名字，那我们要叫你‘鼾声如雷不自知’。”

“哈哈哈哈！”卡特仰头大笑，反击似的朝儿子扔去一粒爆米花，霍桑一张嘴接住了，大呼小叫地欢呼起来。

“也给爸爸取一个，”海伦娜狡黠地看着戴夫，“嗯，我想想——”

“‘屁声响亮赛骏马’。”卡特小声嘀咕。茉莉安和霍桑乐不可支，海伦娜则嫌弃地说：“哎呀，妈妈，不雅不雅！”

“哼，你要小心了啊，卡特里奥娜·斯威夫特。我看你还是叫‘从此泡茶靠自己’吧。”戴夫憋着笑，做出生气的样子回敬道。

霍桑突然想到什么似的：“那霍默呢？给他也取一个！”

大家静了片刻。茉莉安挨次看向霍桑、海伦娜、卡特和戴夫，好像能看见他们脑袋里齿轮转动，个个都在挖空心思，琢磨着惊人妙语。但没想到，最快的是霍默自己。只见他飞快地在小黑板上写下几笔，然后举起来给大家看：“此人宁愿被领养。”

屋子里爆发出一阵大笑，大家都鼓起掌来，显然，这就是本场“非官方取名大赛”的获胜者了。霍默戳起最后一块棉花糖，一脸得意扬扬。

平安夜开开心心地过去了，芬内斯塔来接她回家的时候，茉莉安却突然发觉，自己松了口气。

她喜欢霍桑的家人。真的很喜欢。她喜欢卡特和戴夫互相斗嘴的方式，霍默更是逗趣好笑，才见面不久的海伦娜她也很欣赏。她甚至不介意被小戴夫折腾。还有霍桑……霍桑是她最好的朋友。

然而，尽管茉莉安没有表现出来，但和斯威夫特一家在一起，还是让她觉得有一点儿……嗯，是什么呢？不，不是嫉妒。只是有一点儿……

好吧，是嫉妒。坦诚自问的话，是的，是嫉妒。

可她说不出自己在嫉妒什么。好像是，他们彼此轻松、自然的相处……彼此之间那么合适，严丝合缝，就像一块什么也不缺的拼图。

茉莉安的家人——爸爸、继母、奶奶，还有继母生下的双胞胎弟弟——生活在遥远的豺镇。他们在一起，也像一幅完满的拼图，一块也不缺。倒是有一块多出来的、不想要的，如今来到永泊镇，住进了丢卡利翁大饭店。

这只是一点点微小的疼痛，来自内心深处某个不太重要的角落，只要别太在意自己的感受，就可以忽略不计。（茉莉安一直小心留意着，不让自己养成敏感多思的习惯。）

但这感觉实实在在，就在她心里。她不喜欢。斯威夫特一家都是好人，他们对她很热情，像亲友一样。心里存着这小小的嫉妒幽怨，像是有点儿忘恩负义。

在回家的路上，芬内斯塔突然嘀咕了一句：“真讨厌啊，那一家子。”茉莉安一时没忍住，只觉得一声刻薄的轻笑从自己胸口里冒了出来。

她立刻自责起来，指甲深深地抠进了手掌，留下一道红色的、月牙般的印痕。

6

弗莱姆瑟

这天晚上睡觉时，茉莉安没有拉上窗帘，因为这样到了早上，一醒来就能看到窗外的冬日仙境了。果然，她没有失望。大雪似乎下了一整夜，直到现在也没停，漫天盖地，搓绵扯絮，只能望见一片银白。

茉莉安撑着身子窝在床上，迷迷糊糊地眨巴着眼睛。趁她睡觉，她的床由四柱大床变成了超大号的圣诞雪橇，上面还堆着几十个厚墩墩的天鹅绒靠垫和软绵绵的羊毛毯。

“很不错。”茉莉安对卧室说道，声音里还夹着刚刚睡醒的沙哑。她最近决心对自己的卧室好一点儿，要是它做了什么让自己开心的事，就好好表扬它。几个星期前，墙壁上突然冒出了一幅现代抽象画，茉莉安含糊地嘟哝了几句，表达了厌恶。这肯定让卧室伤心了，因为那之后，一连三个晚上，她的床分别变成了狗窝、仓鼠笼子和种满仙人掌的大陶盆。从那以后，茉莉安就知道要顾及卧室的心情了。

圣诞老人已经来过了——壁炉架上挂着一只鼓鼓囊囊的袜子，更重要的是，雪橇床的床尾下也堆着一大堆礼物。

玛莎送给她的是一只柳条篮子，篮子里盛着色彩鲜艳、精雕细刻的泡泡浴香皂。凯吉瑞的礼物是大堂鸟形吊灯的缩小版，是用闪闪发光的黑色珠子和银丝手工穿制的。弗兰克送来的是一本书，血红色的布质封面上标着书名——《夜行纪离奇死亡事件一百则》。钱达夫人慷慨地赠予一只紫水晶手镯；查理则送来一条马裤，表示愿意教她骑马；还有一只硕大的野鸡，没贴卡片，茉莉安猜，这一定是小芬弄来的（心意是最重要的，茉莉安一边提醒自己，一边小心翼翼地用脚趾把那具长着羽毛的尸体踢下了床）。

不过，最有意思的礼物，正挂在骷髅衣架的“手腕”上——一双深红色的皮质溜冰鞋，鞋带松松地打着结，卡片上的手写字体很小，但茉莉安立刻就知道这是谁送来的礼物。

她笨拙地从雪橇床上翻下来，走到卧室的另一边，从钩子上取下了溜冰鞋。果然，卡片上写着：

小茉，圣诞快乐。

朱庇特·诺斯

茉莉安摇摇头，咧开嘴笑了。溜冰鞋簇新锃亮，真好看，可她根本不会溜冰啊。

哎呀，她一边琢磨，一边举起鞋子，欣赏那精良的皮质和细密的针脚，真漂亮啊。溜冰鞋一晃，有什么东西在反光。原来，鞋带上挂着一把老式的银质小钥匙。

啊！茉莉安一下子兴奋起来了，仿佛肚子里有一大群飞蛾在扑腾似的。朱庇特送给她的礼物总是奇奇怪怪的，而这也不是他第一次送她钥匙。

丢卡利翁大饭店静悄悄的走廊里有许多锁着的门，其中有一扇很特别。当时，她拿起那把油布雨伞，那是朱庇特送她的生日礼物，用伞尖插进锁孔里一转，咔嗒一声，门竟然打开了。屋子里的灯光似乎有魔法，能用影子造出会跑动、会变化的怪兽。

这是一份奇怪但绝妙的礼物，来自她那位奇怪但绝妙的资助人。

突然有人敲门。茉莉安把朱庇特的礼物紧紧攥在手里，跑过去打开了房门。只见杰克一脸迷茫地站在门外，身上的睡衣皱巴巴的，眼罩歪着，头发也乱蓬蓬的，而且……他手里也拎着一双溜冰鞋。墨绿色的溜冰鞋。

“好吧，”杰克看了看茉莉安的红色溜冰鞋，“我就知道你也有。但这也太奇怪了吧，附近又没有——”

“溜冰场？”茉莉安替他说完后半句，“是啊，我也这么想。不过你是不是也有——”

“钥匙？”杰克伸出另一只手，摊开手掌，银色的小钥匙闪闪发光，“有啊。难道你也……”

茉莉安举起她那把一模一样的钥匙，咧开嘴笑了：“你说咱们是不是应该——”

“对，”杰克赞同道，“带上溜冰鞋一起去。”

天色尚早，丢卡利翁大饭店里仍然是一片寂静，只能偶尔听见身着金色、粉色制服的员工匆匆穿过走廊的沙沙声。杰克和茉莉安试了十几扇门（避开了有客人入住的房间和他们已经知道的地方），终于在九楼找到了朱庇特送给他们的礼物：一扇装着两道锁的橡木大门。他们分别用自己的钥匙试了试，没能成功。

“哼，我就知道。”杰克抱怨道。他们将两把钥匙同时插进两个锁孔，只听轻轻的一声“咔嗒”，门开了。“我就知道，他一定是想让咱俩配合协作什么的。小朱叔叔总是这样。”

大门轰然洞开，一股冰凉的风迎面而来。茉莉安和杰克静静地站在门口，一句话也说不出来。两个人的脑袋瓜正努力运转，试图理解这房间内过于阔大的空间。

确切地说，这不是一间屋子，而是一片湖，实实在在、真真正正的一片湖——在丢卡利翁大饭店里面。湖水冻成了坚实的冰面，两岸覆盖着厚厚的积雪，对面遥远的地平线上，落地到顶的拱窗代替了墙面，将冬日阳光迎进来，照亮了整个疏朗的空间。茉莉安根本想象不出，一家饭店内部怎么会有这么大的地方。

不远处的冰面上，朱庇特·诺斯脚踩一双亮蓝色的溜冰鞋，悠然飞驰，灵巧旋转，片刻不停，仿佛他这辈子一直就在这儿溜冰似的。

“真是姗姗来迟啊，你们俩！”他两只手拢在嘴边，一边叫着，一边飞速向他们冲来，“快来呀！这湖可棒了！快把溜冰鞋穿上！”

杰克没有犹豫，很快就穿好溜冰鞋，摇晃着踏上冰面，然后就像专业运动员似的滑走了。

一贯如此，茉莉安想道。只见叔侄两人互相绕着兜圈，向后滑行退开，而后掉转方向朝前滑来。她冲着他们做了个鬼脸。

杰克招呼她：“茉莉安，快点儿！快来！太好玩儿了！这个湖特别棒！”

茉莉安有些踌躇。她从来没有滑过冰。作为登记在册的“被诅咒儿童”，她早就学会了回避一切可能引发灾难的运动。“滑冰”显然也在这个清单上。

“小茉！”朱庇特叫她，“你还在等什么呢？”

“我不会滑冰。”

“什么？”

“我——不——会——滑——冰！”她大声叫道。

“我也不会啊。”杰克说着滑到了湖的另一边，动作带着一种难以言喻的优雅。

“我也不会啊。”朱庇特重复道。

茉莉安翻了个白眼。“噢，得了吧，我看得见。你刚才那个旋转四圈的动作真是非常‘业余’啊。”

她的资助人朝着这边的湖岸飞速滑行过来，干脆利落地停在她面前。他喘着粗气，蓄着金色大胡子的脸上笑意满满。

真气人，茉莉安想。

“不不不，小茉，我说真的呢，”朱庇特说，“我对滑冰一窍不通，根本不知道该怎么做动作。你就试一试吧，好吗？这个湖真的很棒。”

茉莉安犹豫了，她低头看了看手里的溜冰鞋。

“你相信我吗？”他问。

她仰起脸看着他。他曾问过她同样的问题。那时候的情况，可比在冰上尴尬地摔个大马趴要危险得多。而她明明白白地回答他：相信。

这个答案现在仍然是：相信。

茉莉安鼓起勇气，穿上了溜冰鞋。她笨拙地踏上冰面，摇摇晃晃地走了几步，觉得自己马上就要脸朝下摔倒了……

可这时，她突然自如地单脚旋转起来了，接着又是一个轻盈的燕式旋转，而后以完美的阿克塞尔一周半跳跃作为结尾立定。杰克和朱庇特立刻鼓起掌来。茉莉安惊讶地大笑一声，立刻在宽阔的冰面上飞驰起来。

他们一连滑了好几个小时，这感受实在非同寻常。就好像冰面和脚底是互相联结的，好像它们之间自有商量，而滑冰的人根本不用去想怎么做动作。茉莉安只觉得柔软、轻盈，“摔倒”之类的念头被远远地抛开了。没有危险，在这片湖面上，任何不好的事情都不会发生。

这个湖真的棒极了。

豪华的餐厅里照常大摆筵席，为入住丢卡利翁大饭店的客人们提供午餐。不过，今年，朱庇特在他的私人客厅里单独安置了一条长桌，让员工们（还有茉莉安和杰克）亲亲热热地坐在一起吃团圆饭。他们享用了五道精致美味的菜肴，最后，圣诞节特有的葡萄干布丁上桌了。在雷鸣般的掌声中，茉莉安召来她的“烈焰”，用呼呼作响的火焰点燃了布丁。

几个小时之后，大家仍然意犹未尽，不愿离开。他们吃得尽兴，玩儿得开心，谁也不想结束这节日欢庆。玛莎和查理坐在一起（靠得挺近），拼着一幅一千块的拼图，窃窃私语，笑个不停。弗兰克和凯吉瑞则展开了一场激烈的争论，论题是“永泊镇最佳的五家饭店的具体排名”，不过没过多大会儿，他们就达成了共识，认为丢卡利翁大饭店毫无悬念地排名第一，而老对手奥利安娜饭店根本就没入围。

钱达夫人捧着一大叠报纸，在文化版上翻找着她在永泊镇歌剧院表演的圣诞哑剧的剧评报道，找到精彩段落就大声朗读出来。茱莉安、杰克和朱庇特围坐在火炉边，玩儿一种名叫《税收官》的古老游戏，而芬内斯塔躺在他们旁边的小毯子上，大声地打着呼噜酣睡。朱庇特熟知规则里的种种漏洞，于是赢了一轮又一轮，但杰克非要赢他一次不可。茱莉安喜欢惩罚环节——如果玩家不能支付税款，就可以烧掉他的棋子。她已经烧化了两颗棋子，还把棋盘也烧出一个洞来。

突然，钱达夫人夸张地惊呼起来。

"朱庇特！"她叫他去看那张报纸，"你看过这篇了吗？"

朱庇特站起来，走到房间的另一边，凑在钱达夫人身旁，目光扫过报纸，渐渐地皱起了眉头。

"噢，天哪，"他轻声说，"太可怕了。"

"可怜的尤维拉，"钱达夫人难过地抬起头看着朱庇特，抓着他的胳膊说，"亲爱的，咱们必须送束花去。不——现在，立刻就去买花。整整一马车花。那可是弗莱姆瑟啊。"

"对，没错。"朱庇特点点头。

"'弗莱姆瑟'是什么意思？"茱莉安问。

"什么，亲爱的，你竟然没听说过弗莱姆瑟吗？"这位歌剧演员用颤音说道，"你肯定听说过啊。就是弗莱姆瑟。你明白吧……弗莱姆瑟啊。"

杰克正在整理棋盘，准备玩第五轮《税收官》。他扭过头问："弗什么？"

女高音歌唱家叹了口气："亲爱的，弗莱姆瑟包容万物。弗莱姆瑟是生命力。”

“弗莱姆瑟是个天才。”弗兰克插嘴道。他捡起报纸，神情忧郁地读完了那篇报道。

“这件就是弗莱姆瑟的，”钱达夫人指了指自己身上那件刺绣精美的绿色丝绸长袍，“我衣橱里至少有三分之一的衣服出自弗莱姆瑟。我最喜欢的香水是弗莱姆瑟女士香氛，我第二喜欢的香水是弗莱姆瑟淡香水——喏，就是我现在喷的这款。我还是它的品牌大使和广告模特。”她说着用手按住胸口，稍稍低头，微微鞠了一躬。

“真巧啊，”弗兰克闻了闻自己的手腕，“我今天用的是弗莱姆瑟男士淡香水。”

杰克迎上了茉莉安的目光，两个人立刻看向别处，免得笑出来。

“哎哟，怪不得呢，亲爱的，你今天香喷喷的。”钱达夫人冲着弗兰克明媚一笑，随后转身对茉莉安和杰克说：“亲爱的，尤维拉·弗莱姆瑟是一位了不起的偶像，是自由邦时尚界的教主级人物。啊对了，她曾经说我是她的灵感女神呢。”

“我主办的宴会，她来过七次，”弗兰克骄傲地挺起胸脯，“啊，不对，是八次。那次她中途退席了，因为比辛伯爵夫人穿了一件厚料子做的夏季长裙。可当时是秋天嘛，你懂的。”

“哟，真是的。这上面写得很吓人哪，”钱达夫人从弗兰克手里拿回报纸，“说她被发现时半埋在雪地里，眼睛睁着，可完全没有意识了。谁也不知道她怎么会跑到那儿去。她现在在皇家光翼奇迹动物医院……正从昏迷中苏醒？医生也不知道她什么时候……甚至……能不能恢复。噢，可怜的尤维拉。她到底遭遇了什么？”

她呜咽一声，丢下报纸，双手捂住了脸。弗兰克从椅子上滑下来，隐入桌子底下，又在钱达夫人身边显形，轻轻拍着她的肩膀安慰她。朱庇特、凯吉瑞和其他人也都惋惜地轻声慨叹。

茉莉安俯下身子，仔细地看了看那篇文章附带的照片。她一下子愣住了：“噢！噢！我见过她！”

钱达夫人伤心地捂着嘴，含糊不清地说：“是啊，我刚才说过了，亲爱的，你肯定见过她，毕竟她是弗莱姆……”

“不！我……我的意思是，我看到她了！”茉莉安抓着报纸，急切地解释道，“就是昨天晚上！在奇迹枢纽！”

就是那头奇豹。尤维拉·弗莱姆瑟，就是那头想要扑向小戴夫的奇豹。当然，照片上的她一点儿也不暴戾。这是出席永泊镇时尚周时拍摄的，她披着大大的粉色羊绒披肩，优雅而迷人。可是，不会认错的——那耳朵尖上看起来价值不菲的钻石耳环也一模一样。她戴着一副宽大的墨镜，所以茉莉安看不出她的眼睛是不是也是同样令人惊异的绿色……尽管如此，茉莉安还是可以确定，照片上的时尚名流，就是奇迹枢纽里的那头奇豹。

钱达夫人抬起头，眉头紧锁：“不会吧，亲爱的，尤维拉不会乘坐公共交通工具的，她有自己的司机。”

“我听说她的司机可不少，”弗兰克说，“还有一支车队呢。”

“我倒听说她不管去哪儿都骑着一头独角兽。”芬内斯塔突然插话道。她的语气里含着敬畏，但又有点儿阴阳怪气的。大家本来以为她在睡觉，这下全都吓了一跳，转过头呆呆地望着她。“要是有人穿着过季的鞋子，她就叫独角兽用角戳他们。”

杰克、凯吉瑞、玛莎和查理调动了全身的力气才没去回应这不合时宜的笑话。

“肯定是她，我看到了。”茉莉安没管别人说什么，继续解释道，“你看，报纸上说，人们是在永泊镇大学西校区附近发现她的。那就是她下车的地方啊！她是在学者路口站下的车！唔，倒不如说是被人赶下车的……”

茉莉安把前一天晚上奇迹枢纽中发生的事讲了一遍。

“噢，不，”钱达夫人一听完就说，“不不不，不可能。你说的不可能是尤维拉。尤维拉连苍蝇都不会碰！她是个素食主义者！唔，只在工作日吃素……可不管怎么说，她也绝不可能伤害一个小孩子！”

“可是，我刚才说过了，她就是扑过来了啊，”茉莉安坚持道，“我亲眼看到的。当时霍桑也在。要是你不相信我，可以去问问霍桑啊。”

“小茉，我们当然相信你。”朱庇特很肯定地说道。他眼含深意地看了一眼钱达夫人，钱达夫人虽然仍旧困惑，却立刻拉住茉莉安的手，轻轻地握了握：“噢，当然了，亲爱的，我当然相信你，毕竟那是你亲眼——”

“为什么你昨天晚上没告诉我呢？”朱庇特突然打断了钱达夫人，“听起来很可怕啊。霍桑的妹妹没事吧？”

“噢，她没事。”茉莉安耸耸肩，“小戴夫像小牛犊一样天不怕地不怕呢。我没告诉你，是因为我忘了。当时事发突然，而且……唔，我以为那不是什么大事，只是有点儿古怪。”

“非常古怪。”朱庇特说，“但你说的这件事，可能正是尤维拉的医生们需要了解的，说不定能帮他们弄清楚来龙去脉呢。不过，小茉，这件事还是不要跟外人讲，好不好？”

“为什么？”

朱庇特的嘴巴抿成了一条线。他和钱达夫人对视了一眼，神情沉郁。“因为涉及奇迹动物，有些人总是……有偏见。小报就喜欢报道一些奇迹动物行为不端的事，更不用说知名的奇迹动物了……我只是不希望在我们弄清真相之前就被别人抢先下了结论。这对尤维拉不公平。”

茉莉安同意保密，但她暗自琢磨着，如果这位弗莱姆瑟女士真的这么有名，那么小报很快就会闻着味儿找过来——当时车厢里可有好多人呢。

“好了，走吧，”朱庇特抓起外套，“钱达夫人，咱们去医院看看。”

女高音歌唱家优雅地起身，向门外走去。她回过头看了朱庇特一眼，庄重地提醒他：“先去花店，小朱。然后再去医院。咱们可不是没礼貌的野兽。”

7

路 克

新学期开学的那天，窗外下起了毛毛雨。茉莉安做了个鬼脸，揉揉眼睛，坐了起来（床垫变得又薄又硬，枕头也鼓鼓囊囊的很不舒服，好像知道她起床困难需要额外助力似的）。下雨可不是什么好兆头啊——永泊镇的毛毛雨，到了奇迹社团内部，可就是倾盆大雨了。新学期的第一天这么开始，也太不吉利了。

有人轻轻敲门，茉莉安跑过去打开门，却发现外面没人。她低下头，看见地板上放着一个早餐托盘，托盘上搁着一壶茶和盖着银盖子的餐盘，此外还有一张手写便条：

> 小茉！开学第一天！要开心！
>
> 记得带伞。
>
> 朱庇特·诺斯

朱庇特肯定是提前好几天就写好这张便条，然后交给玛莎，就离开无名之域了，茉莉安想。作为探险家联盟的队长，他总是会被派往各个神秘的地域去执行任务。茉莉安不知道他在联盟里做的是什么样的工作，但她知道那些事情很重要，也很无趣。朱庇特的很多任务似乎都是冗长乏味的外交行程，比如出席加冕礼、峰会和各种仪式。

留言过于热情，建议过于没用，茉莉安皱着眉头，把便条丢在一边，拿起托盘，回到了那箱笼监狱般的床边。掀开盖子，餐盘上是一大碗热气腾腾、洒着蜂蜜的粥。她望着窗外的雨，默默地全吃光了。

茉莉安知道，她应该对返回奇团上课表示激动，可实际上，她只感到淡淡的厌倦。

整个假期里，每天夜里，每天清晨，她都一丝不苟地练习奇迹锻工的两种技能——夜曲和烈焰——并且从未失败过。她一遍又一遍地做着相同的事：召唤奇迹能，点亮灯火；召唤奇迹能，点亮灯火。

她想试试别的，学些新鲜的，可说实话，她不敢独自尝试。她害怕。点燃灯火这样的事能让她觉得自己强大、有控制力，但她不想因为好奇过了头而引发危险，最后还要别人来收拾烂摊子。第一次吐出火焰的场景尚且历历在目——烈焰在她的肺里呼啸，喷涌而出冲向了傲立车站的顶棚，先挑衅的海洛薇兹因此受了伤，而茉莉安自己也受到了课业隔离审查的处分。可以肯定地说，她犹豫、为难，不知道该不该拓展自己的潜能。

她需要一位老师。这位老师所教授的，应该是奇迹能诡术，而不是奥术学院里的那些技能。助教穆加特罗伊德曾答应让她接受奇迹锻工应受的教育，茉莉安已经想好了，她要鼓起勇气，径直走到助教的办公室去，要求兑现承诺。

有什么东西吸引了她的目光——卧室里那扇通往车站的黑色木门上，金色圆圈柔柔地闪着光。家庭专列就要到了。茉莉安无奈地叹了口气，最后喝了一口茶，就抓起雨伞，将食指上的 W 形印记按向了圆圈。门开了，亮堂堂的小屋子出现在眼前，茉莉安早已习惯了。

这是她在奇团的专属衣柜，日常的制服挂在门后，可今天又多出了一件套头衫、一件厚外套、一双皮靴（配着显著厚于平时的羊毛袜）、一双皮手套，还有一条围巾——都是黑色的。茉莉安一看到它们就撇了撇嘴，显然，等待着他们的奇团天气够糟的。

她又叹了口气，正想着是不是躲回床上去算了，可不幸的是，卧室的木门先她一步锁上了。

“真没礼貌。”茉莉安小声嘀咕着，不情不愿地换了衣服。

欢悦小姐用长达七分钟的欢呼来迎接 919 团重返校园（她甚至还用废弃的圣诞花环做了个啦啦队花球）。她将新学期的日程表发给孩子们，又往大家的外套口袋里塞满饼干，让他们路上吃，然后才像个骄傲的妈妈似的，站在傲立车站向他们挥手道别。

走在寒冷刺骨的幽鸣森林里，霍桑忙不迭地给茉莉安和卡当斯讲他们斯威夫特家的圣诞逸事，说节礼日[1]那天，一大群叔婶姑舅带着他们的孩子从高原地区跑到他家走亲戚，难怪茉莉安自打平安夜那天就没再见过他。

“我被一大堆熊孩子缠住了，”他抱怨道，“外面的事全都不知道。我表弟乔迪竟然往我的驭龙靴子里撒了一泡尿！天哪，终于开学了，太好了！”

“你可真是与众不同，”卡当斯说，“我的假期倒是很享受。奶奶带妈妈和我去月升湾的火山温泉度假了。整整十天，泡在冒热气的潟湖里，望着熔岩从山崖上倾泻而下。壮观极了。”她说着，愤愤不平地翻起衣领，好抵御刺骨的寒风。

茉莉安也讲了丢卡利翁大饭店在圣诞周发生的种种趣事。“噢！弗兰克还失踪了三天！”她说，“后来我们才知道，是芬内斯塔把他埋在大堂的积雪里了。积雪足有六英尺厚哪，她就这么忘了！啊，反正弗兰克是吸血鬼嘛，所以我们把他刨出来的时候，他倒还活得好好的，只是特别特别生气。直到现在他都不肯和芬内斯塔讲话呢！”

他们在广场上和卡当斯分开了，她第一节课就要在幽鸣森

1 节礼日：圣诞节后的第一个工作日。——译者注

林里辨认毒蘑菇，茉莉安对此毫无兴趣。

“你们那儿发生过什么正常的事吗？”霍桑一本正经地问茉莉安。他们爬上傲立楼前面的大理石台阶，朝着一排黄铜吊舱走去。时间还早，但已经有很多人在排队了。

茉莉安哼了一声：“没有。如果我也能拥有一头龙，我要给它取名叫‘奇人疯子永相伴’。噢，我差点儿忘了！你还记得平安夜的那头奇豹吗？”

“说真的，我宁可全忘了，”霍桑难为情地说，“我还没告诉老爸老妈呢。”

“他们可能已经听说了，”茉莉安说，“因为她是个名人！”

她给霍桑讲了尤维拉·弗莱姆瑟的风云人生（霍桑也没听说过），还告诉他，钱达夫人和朱庇特想到医院去探望。

“他们竟然被拒绝了，”茉莉安说，“哪怕有 W 形金别针也不行。第二天，他们俩又去了一趟，可尤维拉已经不在医院里了，到底转到什么地方去了，也不让他们知道。这不是很奇怪吗？”

“是有点儿怪。”霍桑答道。他似乎对此没什么兴趣，只顾伸长脖子，数着排在前面的学员，看着吊舱飞快地来来去去。“咱们要迟到了。”

这些巨大的球形黄铜吊舱，是奇迹社团专用的交通工具，它能将你送往奇团内的任何地方（只要获得许可就行），也与永泊镇的奇迹枢纽各站相连。吊舱排成长长的一列，挂在缆索上，前一个在站台一端消失，钻进隧道般的狭长竖井，后一个便在站台另一端出现，搭载下一批乘客，就像金属线穿起的一长串大珠子。

“你的第一节课在哪儿上？咱俩顺路吗？”霍桑问。

“噢，不顺路。我从走廊走过去就行。”茉莉安望望助教办公室，心里泛起一阵恐惧，“我上午没课，所以要去……要去找穆加特罗伊德。”

茉莉安咽了口唾沫。她想象着奥术学院的助教此时或许正以凡尘学院的助教迪尔伯恩女士的面目出现。她们两人之间的转换是不可捉摸的，像掷骰子似的，说不定什么时候就会碰上。反正，只要找到其中一位，也就相当于找到了另外一位。

“真的？”霍桑挤眉弄眼地说，“你确定要去？要不还是到体育馆看我训练吧？”

真是个诱人的提议。

“我今天的课程升级了，”霍桑继续说道，“菲戈尔·麦基想让我试试低地荧光龙——它们的鳞甲能在暗处发光！”

低地荧光龙确实很好看啊……茉莉安盘算着，她或许用不着这么急着去找穆加特罗伊德。她可以等到中午再说，或者明天……

她张了张嘴，正要答应霍桑，却冒出了一声尖叫——有人抓住了她白衬衫的衣领，把她往后猛拽。

“你，”粗粝的声音说道，“跟我来。”

茉莉安转过头，映入眼帘的正是助教本人——好像有心灵感应似的，她竟然自己出现了。“穆加特罗伊德太太！我……我正要去——”

“是的，我知道你正要做什么。闭嘴。”穆加特罗伊德咕哝道。她拉着茉莉安的胳膊，往队伍前面走。

茉莉安回过头看看霍桑，只见他满面同情，却站在原地，一动不动，活像一只缩在草丛里的林地奇状动物，躲避着横冲直撞、饥肠辘辘的熊。

穆加特罗伊德走到队伍最前面，一把从吊舱里拽出来一位戴眼镜的老先生，然后把茉莉安推进去，自己也跟了上去。

“喂！干什么呢！你这个……噢，抱歉抱歉，穆加特罗伊德太太。”老先生连忙躲到一边，点头哈腰地说，“请吧请吧，就坐我这趟吊舱，别客气！”

“得了，呆子！”穆加特罗伊德气哼哼地说着，猛地关上了吊舱门。

她用自己食指上的印记按向吊舱壁上的金色圆圈，然后扣上链条，拉动拉杆，按动按钮——茉莉安呆望着，觉得这一通操作自己不可能记得住。吊舱飞快地向前冲去，随后又像自由落体似的向下坠落。茉莉安死死地攥着吊舱顶上的吊环，拼命地想要站稳。

“呃……穆加特罗伊德太太……我们是要……”

“时候到了。”穆加特罗伊德干裂的嘴唇向后咧着，露出黄褐色的牙齿，骇人地一笑，“既然你已经参加过第一次凝神与离神大会了，那么也该学着当一个有用的社团成员了……要不然，你哪天像座人形火山似的爆发了，我们就得跟着遭殃了。”

茉莉安觉得自己的胸膛里酝酿着一丝兴奋（不过也可能是恶心，毕竟吊舱正以一种狂烈颠簸的模式行进着）。终于。她终于要学习奇迹能诡术了。正规地学习。不是在卧室里什么也不明白地瞎摸索。

再也不用那样了。她就要在正常合理的地方——教室——来学习了。而且还有专门的老师！有教材，有书桌，有考试——没有随时要人命的危险！

穆加特罗伊德答应过茉莉安，让她正儿八经地学习诡术。从那个时候开始，茉莉安就一直在想，什么样的人才能够教她呢？按道理说，能够使用诡术的，只有奇迹锻工。可目前还在世的奇迹锻工，除了她自己，就只有以斯拉·斯考尔了。奇团绝不会聘请以斯拉·斯考尔来当她的老师的，哪怕押上她最爱的靴子、心爱的雨伞，还有整个丢卡利翁大饭店来打赌，茉莉安也胸有成竹。

当她终于鼓起勇气想问一问的时候，吊舱突然猛然一甩，停住了，舱门打开了，外面……

什么也没有。

只有一座小小的站台，包裹在无尽黑暗之中，站台一端连着向下延伸的楼梯，至于通往什么地方……谁知道呢？

“到了，”穆加特罗伊德跨上站台，脖子向一侧偏了偏，“她就在那下面。”

“那下面是什么地方？”

“地下九层。”穆加特罗伊德冷哼一声，仿佛正聊着毫不重要的话题，仿佛茉莉安要去的那个地方，不是傲立楼中所有学员的禁地，“祝你好运。”

茉莉安心里一沉：“你不跟我一起去吗？”

这位助教咯咯大笑起来，随后脸上一抽：“我？不了吧。”

茉莉安听到了一个熟悉的声音，先是细小的爆裂声，而后是咔啦、咔啦、咯吱的声音，她身上的鸡皮疙瘩都冒出来了。

“你不能把我一个人扔在这儿啊！”茉莉安抗议道。

“你——不——是——一——个——人——”咔啦啦、噗噗噗、咯吱吱……

茉莉安慌了，她恳求道：“不行！求你了……求你别变成迪尔伯恩！”她的心底漫出了恐惧。

助教的变身其实只在片刻之间，茉莉安却觉得时间像停止了似的。干裂发紫的嘴唇、凹陷的灰色眼睛、弯腰驼背的姿态……全都消失了，站在她面前的人不再是穆加特罗伊德。

但也不是迪尔伯恩。

两位助教共用的这具身躯再次发生了变化，这些变化微妙精细，但汇聚起来就是彻彻底底的改变——变成了第三个人。穆加特罗伊德浑浊、黯淡的眼睛变得清澈，但不是迪尔伯恩那样凛冽的冰蓝色，而是深石灰色；睫毛密黑，衬得浓眉似剑，广额方颐；她脊背挺拔，两肩舒展，白发没有变回银色，而是变成了又厚又长的青灰色卷发。她比穆加特罗伊德年轻，比迪尔伯恩清秀，个子比那两人都高。她低头看着茉莉安，脸上的神情混合着学者般的探究和饿狼般的兴奋。

“奇迹锻工。”她招呼茉莉安。她的声音不像迪尔伯恩那样冷冰冰的，也不像穆加特罗伊德那样嘶哑。这音色并不具备令人不安的特质。它不是用来大喊大叫、咬牙切齿、愤怒咆哮的。它低沉，平静，稳重自持，不怒自威。在茉莉安的想象中，这悦耳动听的声音属于龙——它用这样的声音跟你讲话，然后吃掉你。

那双深石灰色的眼睛毫无情绪地眨着，把茉莉安从头顶到脚趾打量了一遍，目光最后落在了她苍白、惊恐的脸上。

茉莉安再次开口了，声音细得像一页薄脆的纸：“你是谁？”

“路克，”她的眼睛隐在黑暗之中，闪着浓黑的光，“路克·罗森菲尔德。真法学院助教。”

8

地底书虫

“真法……”茉莉安喃喃重复道。

这是个全新的词，却又有一种说不出的熟悉感。就像钱达夫人的咏叹调，调子更高亢、声音更响亮、情绪更夸张的时候，你知道最绝妙的部分要来了，可当它真正出现的时候，还是会让你大为惊叹。

茉莉安等着路克详细说说，但路克一言不发，转身踏着那向下延伸的楼梯朝黑暗中走去。她没有要求茉莉安一起走，而茉莉安脑袋里突然冒出个理智的声音，叫她回到吊舱里去，回到楼上的餐厅去，坐下来喝一杯热巧克力，假装这一切都没发生过。

然而，生活在永泊镇，加入了奇迹社团，朱庇特·诺斯做资助人，霍桑·斯威夫特是最好的朋友，如此这般，时间一长，怪事就发生了——茉莉安脑袋里的“理智声音”越来越小。迟早有一天，会彻底听不见。

茉莉安叹了口气。不等迈出第一步，她就已经开始生自己的气了。她当然要跟着这个有点儿吓人的陌生助教走下楼梯，到黑暗的秘密地下室去。她当然要这么做啊。

楼梯一圈一圈地盘绕，拧成了宽阔的螺旋。茉莉安一只手扶着冰冷的石墙，走得很慢，要不然真会头晕目眩地跌下去。到达楼梯尽头之后，她跟着路克钻进一条阴冷、逼仄、漆黑的通道，走啊走啊，仿佛走了一纪之久，其实可能只有一分钟。

茉莉安颤抖个不停，她安慰自己，说这只是因为太冷。“我们到底要去哪儿？”

路克没有回答。她也用不着回答。在前方，文字的笔画倾斜着，散发着明亮、透彻的金色光芒，劈开黑暗，迎面而来。更多的笔画一个接着一个亮起，最终拼成了巨大的标志，镌刻在木门上方的石拱上：

~~真法~~诡术学院

路克瞥了一眼，不以为意地轻声咕哝道：“涂鸦而已，不用管它。”她说着抬起手，正要推开木门，却又顿了顿，侧过脸看看茉莉安：“准备好了？”

茉莉安仰头望着金色的大字，心头翻江倒海。她既紧张，又兴奋，而压倒这二者的，是想要知道更多、学习更多的强烈渴

望。她觉得一丝笑意爬上了自己的嘴角。“准备好了。”

这里从前一定是个很大很大的学院，茉莉安想道，比凡尘学院和奥术学院加在一起都大。她跟着路克跨进木门，脚下的走廊宽阔深长，从地板到天花板，皆由白色大理石砌成。这里没有其他的门扇，只有高大的石头门楣拱卫着左右两侧阔大、荒废的厅室。这里很冷，她们呼出的气息都凝成了白雾。

路克领着茉莉安走过一间又一间的空屋，脚步声声，混着回音。茉莉安偷偷地望着门楣之下的空旷，猜测着它们过去的模样。是教室吗？还是实验室？工作室？可这里一件桌椅都没有，只有大而虚无的空间。

石头门楣上也镌刻着文字，路克和茉莉安每经过一处，它们就随之亮起，金色炳炳，仿佛那光是从石头里面沁出来的。但这些文字并没有透露什么，像是某种茉莉安不懂的语言，比如“卡拉尼”“哈穆尔”“章”“赛斯金”……

等一下。茉莉安在其中一间空屋外面停住了。她抬起头，望着那闪光的文字出神。她记得这个词。

赛斯金。

茉莉安皱起眉头。她好像在哪儿看到过这几个字。这是个人名。

“朱诺·赛斯金！”她叫了出来，声音在空旷的石廊间回荡，“噢，噢对！基里·卡拉尼！他们都是奇迹锻工！这些房间都是以奇迹锻工的名字命名的对吗？”

“并不是所有的奇迹锻工，”路克在前面答道，并没有停下来等她，“只有最初的九位。”

茉莉安跑了几步追上路克，仔细地观察着两侧接连亮起的文字。每认出一个名字，她心里就涌起一股异样的感动。这就像穿越历史。她的历史。

茉莉安曾了解过这些人的故事。去年她上过一门糟糕的课——昂斯托得教授的“奇迹能滥用之罪恶史”。她必须按照老教授撰写的《歧途，舛误，败笔，畸变，以及灾难——奇迹能应用术简史》来学习。这本书里提及的奇迹锻工就没几个好人，而现在茉莉安知道，书里有些内容，甚至可能是全部内容，都是带有偏见的杜撰。

“马格努森”。是指蒂尔·马格努森。按照昂斯托得的说法，这个人企图发动政变，曾占领皇家光翼宫七十天，将整个皇室作为人质，饿死了其中一半的人。

“威廉姆斯”。一定是奥德利·威廉姆斯，茉莉安想，据说麻疹就是他无意中发明出来的。

“瓦莱”。维维恩·瓦莱，长达几纪隐居避世，只为写出世界上第一首客观的完美歌曲，可她流传于世的作品却是一首洗脑神曲，惹人厌恶。这首曲子害得很多人精神失常，最后落得个禁止播放的结局。（昂斯托得的书里没有提及这首曲子的名称，说是怕读者看了会难以自拔。）

昂斯托得教授的那本书里，有正确的评价吗？他对建造了杰米蒂公园的欧德贝·杰米蒂的评价，是错的；对建造了瀑布高塔的德西玛·可可罗的评价，也是错的。朱庇特为了证实这些是偏见，曾带她去过这两个地方，让她亲自见识了那出神入化的杰作。这些地方至今还竖着奇迹能应用行为分类委员会颁发的牌子。杰米蒂的秘密主题公园并不是像书中那样，被归为“败笔”，而是被称作“奇观”，是送给贫困地区儿童的一份快乐礼物。瀑布高塔则是一处“奇点”，完完全全是天才的原创作品。

如果蒂尔·马格努森、奥德利·威廉姆斯和维维恩·瓦莱确实像昂斯托得所写的那样恶劣，奇迹社团又怎么会将他们的姓名镌刻在这宽阔的大理石厅堂里纪念？茉莉安心中存疑。

在走廊的尽里面，她们向右拐进了第十间也是最后一间空屋。这是十间屋子里最小的一间，但与其他墓穴般清冷的房间相比，这里显得温暖宜人，煤气灯亮着，大大的壁炉里燃着火。

房间的墙壁上挂着许多照片，其中有离奇的生物，漂亮的建筑，还有永泊镇那些知名的地标。此外，这儿还挂着一幅巨大的、彩色的奇迹枢纽地图，另一面墙上则全是油画。画镶在金框里，大多是肖像画。

房间中央摆着一张农舍风格的长条桌。茉莉安大吃一惊：与其他空屋的死寂气氛大不相同，这儿竟然有人——活生生的人，大概有十一二个，甚至更多。他们围坐在桌边，埋首在文件堆里，安静而专注，四周的书摞得高高的，茶杯也一个个叠起来堆放着。这里好像是一间书房。

路克走进房间，清了清喉咙。那十几个人闻声抬头，立刻站了起来，匆忙间差点儿打翻书堆和台灯。茉莉安不知道自己的到来是不是惊扰了他们，也不知道这些人是害怕路克，还是见了新面孔有些兴奋。我也应该害怕路克吗？她暗自思忖。可路克并不像迪尔伯恩那么吓人啊。

茉莉安愣了片刻，才反应过来，房间里的人并不是在看助教，而是在打量自己。接着，完全不可能出现的一幕出现了——他们热烈地鼓起掌来了。

“欢迎你！”有人嚷嚷。另一人则叫道：“干得漂亮！茉莉安！”（到底有什么可“漂亮”的？茉莉安满头雾水。）

“奥利里先生！”茉莉安突然认出了一张熟悉的笑脸——是教授“开启生死对谈”这门课的老师。这位绅士上了年纪，风度翩翩，一双蓝色的眼睛明亮且锐利。他拄着一根漂亮的雕花手杖，雪白的头发向两侧分开，梳得整整齐齐。

“你还是叫我科纳尔吧，奇迹锻工。”他的眼神里满是欢喜，“我们在这地底下就别拘泥礼节了。”

路克不甚在意地指了指这些人：“这是地底书虫。这是茉莉安·克罗。你们互相认识一下吧。”

科纳尔用胳膊肘戳了戳助教：“我只能假装您用的是我们的正式名称了——地下九层学术小组。”

“随便你假装好了。”助教瞪了他一眼。

茉莉安发现，这些人当中有不少熟面孔，只是还不大清楚人家姓甚名谁。科纳尔·奥利里旁边站着的那个年轻人，茉莉安曾在奥术学院见过，可能是高年级或刚毕业不久的学员。此外，她还认出了几位曾在傲立楼出没的老师。人群之外，一位奇狐安安静静地坐在靠前的地板上，她身穿酒红色的天鹅绒外套，正礼貌而好奇地望过来。

“欢迎你！”那个年轻人叫着冲到前面，握住了茉莉安的手——有点儿过于热情了。

“小点儿声，拉维，可别把她吓跑了。”那位奇狐和气地说道。她冲着茉莉安点点头，自我介绍说：“我是索菲亚，来自897团。希望你别介意我们的唐突，茉莉安，终于见到你，我们真的太高兴了。这是真真正正的荣幸。”

茉莉安环顾四周，望着一张张温和微笑的面孔，惊讶地发现，自己居然相信了这听起来不太可能的说法——可从没有什么人觉得，见到她是一种荣幸。

“索菲亚，科纳尔，”路克招呼他们，“我想我们应该带茉莉安到阈境大厅去。至于其他人……就继续书虫的工作吧。”

茉莉安跟着路克、索菲亚和科纳尔离开了温暖的书房，又踏上了冰冷的大理石走廊。他们向左转弯，进入一间洞穴般的空屋，经过门楣时，上方镌刻的“威廉姆斯”几个字亮了起来。不过，他们并没有在这里停留，而是横穿到另一间名叫“穆勒”的房间，而后是“特雷洛尔”。

“得知奇迹社团终于又迎来了自己的奇迹锻工，我们的激动简直无以言表。”索菲亚边走边说，“你当众公开身份之后，我们就很想跟你聊一聊——想祝贺你。你真是太勇敢了。”

“但奎恩长老说，我们必须等你参与了第一次凝神与离神大会之后才能跟你见面。”科纳尔说。

茉莉安抬起头看着他：“这么说，长老们也管着真法学院？”

科纳尔、索菲亚和路克互相看了看。

“只能说，长老们和我们之间有一种非官方的心照不宣，”科纳尔谨慎地说，“他们不多问，我们也不撒谎。哪怕知之甚少，他们也肯定明白，地下九层学术团体的工作有多重要。所以，只要我们不惹麻烦，他们也就默许我们继续干下去。”

茉莉安笑了。原来，长老们并非掌控着奇迹社团里发生的一切。茉莉安还挺喜欢这一点的。“那‘地下九层学术小组’到底是指什么呢？”她问。

“其实就是真法学院。”索菲亚说。他们已经走进了第四间空屋子：“吉布斯”。这些房间看起来很相似，都铺着白色的大理石地板，严严实实的墙壁上没有窗户。“可如果没有学员，学院也就不成为学院了。所以，自打最后一名奇迹锻工被逐出永泊镇，地下九层就空置废弃了。直到几纪之前，地下九层学术小组才以研究和保护奇迹锻工重要史料的名义在此成立。”

“我们这些搞学术的、搞研究的，都对奇迹锻工有着浓厚的兴趣，”科纳尔说，“算是志同道合，所以一起协作，当然大多是秘密进行的。要抢救和保护奇迹锻工的史料，没有比地下九层更合适的地方，毕竟一代代奇迹锻工都在这里——真法学院——接受教育。”

“你们这个小组一共有多少人呢？”茉莉安问。

“在傲立楼里大约有十五人，”科纳尔说，“但还有些学者不在这里，而是散居在七穴各处。我们时不时会分享一些信息。要知道，有胆量在奇团眼皮子底下研究所谓‘诡术’的人可不多。当然，这些研究都是学术性的。”

“我可不是胆小鬼。”茉莉安说。

“哈，不不，你不是。”科纳尔笑了，“多了不起啊。”

“你们三个是小组的领导吗？”

科纳尔和索菲亚对视了一眼。

“唔……我们谈不上谁领导谁，”索菲亚慢悠悠地说道，“至于路克嘛，嗯……她，呃——”

“哦，我不是这个小组的。”路克有些不屑地插嘴道。

索菲亚和科纳尔似乎在思考怎么解释才好，四周一时陷入尴尬的沉默。

“路克是……突然出现的。”索菲亚终于开口了，“大约一年前吧。我们早就认识迪尔伯恩和穆加特罗伊德，但从未见过路克。我们也不确定她为什么会出现。我甚至不知道她是否了解自己，真的……”

“我看也是。”路克干巴巴地说道。

“她不停地出现，直到几个月前的一天，事情明朗了。那是万圣节的转天。就在那天，众人得知，我们又拥有了一位奇迹锻工，这可是数百年来的头一遭啊。”

“我们这才意识到，路克第一次出现，刚好就是你参加宣誓日典礼的那几天，”科纳尔解释着，又惊奇又困惑地看了一眼路克，“也就是说，真法学院自己知道，它需要一位新的助教。”

突然涌来的信息狂流塞住了茉莉安的脑袋。她看看路克，结结巴巴地问：“那你……呃，抱歉……你以前……在哪儿呢？”

“噢，在附近呗，你懂的，随便瞎忙罢了。”路克含糊地说。她满含深意地看了一眼茉莉安：“没有学员便没有学院，但只要有了一个学员，一切就顺理成章了。”

他们走进了下一间空屋。一间接着一间，这已经是第六间了。他们走得很快，茉莉安努力地跟上——地下九层就像个大迷宫。

“那么你们会教我诡……啊，会教我真法吗？哪怕你们并不是奇迹锻工，也可以教我？”

“姑且可以这么说。”科纳尔说。

“茉莉安，我们现在带你来这儿，只是想先试一试，正式的课程明天才开始。”索菲亚说，“我们已经花了好几个星期，和路克一起敲定了严格而富有挑战的课程计划，真是等不及想马上开始了！”

“出于某些显而易见的原因，我不能一直待在这儿，”路克说，“能来的话我就来，至于你的日常学习，就交给科纳尔和索菲亚负责监督。其他的书虫不会打扰你，你也不要打扰他们，明白了吗？”

茉莉安心不在焉地点了点头。他们终于停在了一扇木门前——到目前为止，这是这里唯一的一扇门。他们走近时，门楣上镌刻的文字同样亮了起来，仿佛能感知到他们的存在。

“阈境大厅。”茉莉安大声地念了出来。门中央嵌着一只金属圆圈，但谁也没有去开门的意思。茉莉安挨次看着路克、索菲亚和科纳尔。“呃，我们要……进去吗？”

“我们打不开。”路克说，“这里的每一个人都用他们食指上的印记试过了……别的办法也想了，比如攻城锤之类的。反正都没能打开。”

“这里面是什么？”茉莉安问。

科纳尔不自在地清了清喉咙。“我们也……不太确定。”他承认道。

茉莉安愣了一会儿，才蓦然反应过来——难怪这三个人这么热切、满怀期待地看着自己。“噢！是不是要我……呃……”她搓了搓食指上的W形印记。

“试一试。”索菲亚点点头，催促她。

茉莉安既兴奋又紧张。她伸出手指，颤颤巍巍地将食指对准了门上的圆圈，然后——

什么也没发生。

她又试了一次，按得更加用力。

还是没有动静。

她的兴奋一下子烟消云散。她早该知道，这不会奏效。毕竟，圆圈冷冰冰的，也没有发光。她唯一能打开的，就是她卧室里的那扇门，门开的时候，圆圈是温热的，而且一跳一跳地闪着微光。

她只好不情不愿地转过身，准备面对他们的失望。路克抿着嘴，什么也没说。但科纳尔走上来，安慰地拍了拍她的肩膀。

“啊，好了，”他说，“没关系的。”

“要不，我……明天再来试试？”茉莉安没什么底气地建议道。

“茉莉安，我们早就想到可能会这样，”索菲亚说，“真的没关系。”

这是谎话。茉莉安心知肚明。

路克还是一句话也没说。

9

幽灵时段之书

第二天早上，茉莉安发现自己的日程表多出了令人瞩目的两项。最让她兴奋的是，原本空白的表格都被相同的名称填满了：地下九层学术小组。

茉莉安一看到这几个字就开心地笑个不停，笑得脸都疼了。她等不及要去上正式课程了。路克说，可以把真法学院的事情告诉 919 团，因为他们会出于对团队的忠诚而替她保守秘密，至于列车长和她的资助人，就更有理由了解这些新课程的实情了。

“不过，在傲立楼里，还是尽量别提起的好。”助教告诫她，“虽然不可能永远保密，但多一事不如少一事，知道的人越少越好。这地方爱管闲事的人可多着呢。”

那天下午，在回家的列车上，茉莉安把自己的所见所闻讲了一遍又一遍。欢悦小姐和其他成员得知奇迹社团里竟然还有第三个学院，都震惊极了、兴奋极了，并且乐见其成。家庭专列的行程似乎比往常长了三倍，茉莉安甚至怀疑欢悦小姐是不是偷偷兜了远路，好让她没完没了地把那些细节讲个清楚。

“所以，那些教室都是空的？”安娜伊微微哆嗦着问，“真诡异。”

“你说，我们能不能也到地下九层去参观参观啊？”马希尔问。

“迪尔伯恩和穆加特罗伊德共用的身体里竟然还有第三个人！这个人竟然一直在等待时机！天哪，我真是不敢相信！”霍桑说。

“你现在不是白袖子了，”卡当斯说，“肯定也不是灰袖子……那，你是什么呢？”

这个问题，茉莉安也没有答案。但兰伯斯静静地指了指车厢墙壁上的那张海报。一年前，他们第一次踏上家庭专列时，海报就已经挂在那儿了。可欢悦小姐讲解的时候，他们谁也没有多想。海报上那个像靶子似的标志，由三个大小不同的同心圆组成——外层的一圈最大，是灰色的，代表凡尘学院（学员的衬衫袖子是灰色的）；中间一圈要窄一些，是白色的，代表奥术学院（学员的衬衫袖子是白色的）；中央的一圈最窄，是黑色的，当时，欢悦小姐还以为那代表的是整个奇迹社团，可是……

“噢！我明白了！”列车长瞪着海报，恍然大悟，“我明白了！”

茉莉安也明白了。所有人都明白了。真法学院的存在，一直就坦陈在他们面前啊。

（然而，令茉莉安略感失望的是，她早上走进更衣室时，发现等待自己的仍是熨平浆好的白袖子衬衫。茉莉安猜想，这可能是因为，在傲立楼里穿黑袖子衬衫太扎眼了，毕竟，真法学院的事还是尽量保密才好。尽管如此，她还是情绪低落——黑袖子多好啊，她喜欢黑袖子。）

前一天晚上，茉莉安也把一切告诉了朱庇特，而他听得全神贯注。当时她冲进朱庇特的书房，说总算有件事情是她知道而他不知道的了（这感觉真不错，希望以后也能时不时地来上一次）。

茉莉安盯着自己的日程表，把“地下九层学术小组”几个字看了上百遍。她太兴奋了，完全没注意到第二个变化。

“这是什么味儿？”霍桑问道。

茉莉安小心地闻了闻，不禁拧起了眉头。

“是萨蒂亚那些汗涔涔的摔跤装备吧，”安娜伊皱着鼻子，“说真的，是不是昨天就丢在这儿没洗啊？”

“哦，怎么了，我今天早上还得用呢！”萨蒂亚不高兴地回敬了一句，抓起装备塞进了背包，“硬要多洗一次，又有什么意义？”

安娜伊一脸绝望：“唔，这个味儿，确实很有意义。”

“我指的不是萨蒂亚的什么臭袜子。”霍桑举起他的日程表，指了指星期四上午的课，“看，这上面写着：‘这是什么味儿？初级离神大师课’。你们也有这门课吗？”

“都有都有，”车厢前方的驾驶座上，欢悦小姐大声说道，“所有学员只要去过议事厅，就都要上‘什么气味’这门课，你们可以把它看作小规模离神骚乱的入门课，就是通过分散、迷惑周围人的心神，机智地摆脱困境。这不但可以助人利己，关键时刻甚至能救人一命。比如在适当的时机使用你的声音啦，诸如此类。很有用的课程，你们即将参与的赏金之夜就能用得上。留给你们的准备时间可只有几个星期了。课上学到的小窍门我现在都还……噢！天啊！别慌别慌！”欢悦小姐突然一跳，离开了驾驶座，眼睛瞪得有杯碟那么大。这下，所有人都紧张起来了。

“怎么了？出什么事了？怎么回事？”安娜伊从垫子上蹿了起来。

“别动！弗朗西斯，千万别动！你肩膀上有一只大蜘蛛。我说了，别动啊！”

“在哪儿？”弗朗西斯嚷嚷着，扭着脖子去看自己的肩膀。他双手不停地摩挲着自己的短发，还把斗篷甩掉了。“在哪儿呢？快帮我弄走啊！”

“冷静点儿，弗朗西斯，”阿占也很害怕，不过还算镇定，“我来帮你，你别动啊，别抖了——”

“快——弄——走！”

尖叫声、拍打声混成一片，所有人都忙着寻找蜘蛛。919 团慌慌张张地忙乱了足足十五秒钟，才突然反应过来，他们中计了。大家全都愣住了，扭头瞪着欢悦小姐，只见她早已坐回驾驶座，正咧着嘴笑呢。

“我看错了。”她耸耸肩，吃掉了最后一块巧克力饼干。

茉莉安没等太久，就开始真法的学习了——当天的第一节课就是。穆加特罗伊德在傲立楼的一楼跟她碰面，把一群高年级学员从黄铜吊舱里轰出去，然后朝略感尴尬的茉莉安招招手，让她上车。

“仔细看，记住了，”穆加特罗伊德依次拉动拉杆、按下按钮，程序十分复杂，“我不会天天来。”

去往地下九层的路上，助教变换了身份，茉莉安躲得远远的，眼睛看着别处，努力当作什么也没发生过。那脊椎骨爆裂的噼啪声，就像细小的烟花绽开，不管听多少次，茉莉安还是很害怕，没法儿见怪不怪。

到达地下九层以后，路克再次领着她穿过真法学院空荡荡的走廊，把她送到科纳尔和索菲亚身边就匆匆离开了。

科纳尔领路，三人一起没入黑暗的厅室。“奇迹锻工，你了解幽灵时段吗？”他的手杖敲在大理石地板上，发出响亮的笃笃声。

“不了解。不过，我听人说过。”茉莉安曾经的老师米尔德梅，曾在 919 团一起参与的课程“解码永泊镇”中简单地提过。但还没学到它，米尔德梅就叛变了——背叛了茉莉安，背叛了整个奇迹社团。他与邪灵黑市勾结，绑架奇团成员，拍卖他们的心法。茉莉安不愿再记起米尔德梅，就像奇团将他除名、驱逐那样，把他从脑海中赶走吧。“幽灵时段是一种……什么来着？你们怎么说？地理骗局？欺罔路段？难道真的跟幽灵有关……”

“哼，这些名字可真蠢。”科纳尔咕哝道，“就因为有些笨蛋误以为那是由死人创造出来的，他们就取了‘幽灵时段’这么个名字。现在我们也不得不这么说。”

“很误导人啊，”索菲亚赞同道，“不过这种误导多少也有点儿用处。如果你去问永泊镇的人，什么是幽灵时段，他们要么告诉你，那东西根本不存在，要么讳莫如深，非常害怕。人人都听过这样的都市传说：朋友的朋友的朋友，无意中从遥远的过去来到了某个时刻，身临其境地目睹了一切。不过，这样的时刻，绝大多数可遇不可求，除非你知道要寻找的是什么。这也是一种保护，免得人们去窥视探究。”

他们停下了。这间空屋的门楣上刻着“科克兰”几个字，内部空间很大，与丢卡利翁大饭店最大的舞厅相比也不逊色。和其他房间一样，这里寒冷，没有家具，没有窗户，黑洞洞的。走进去的时候，茉莉安直打哆嗦——哪怕穿着两件套头衫，也冷得很。

“即便在奇迹社团内部，也只有奇地异境战队的那些怪人会对幽灵时段关注一二。这对我们来说是好事。至于其他人，唉，丢人哪，都不知道自己错过了什么。”科纳尔沿着一个方向走了几步，然后换了个方向，又走了几步，像是在找什么东西。他皱皱眉头，掏出怀表看了看：“是八点十六分吗，索菲亚？”

“八点十七，”索菲亚说，“现在还没到呢。”

茉莉安惊讶地看到，在科纳尔注视的地方，出现了一条又细又长的光箔，就像有人用一把薄而锋利的刀劈开了空气，又像扯动一根纤细的蛛丝，剥开眼睛所见的现实，露出包裹其中的东西。茉莉安听到那里面远远地传来了低沉的声音。

索菲亚先走，她用鼻尖碰了碰那空气的裂缝，光箔便延展成适合她身体的大小，犹如敞开了一扇门。她跨了进去……消失了。茉莉安粗重地喘着气，抬头看了看科纳尔，却见他镇定自若。

“别怕，奇迹锻工。咱们走吧。”他像拨开窗帘那样拨开空气，毫不犹豫地跟上了奇狐的步子。

茉莉安小心翼翼地伸出手，手指触到了光箔。她感到一阵温热，以及轻轻的拉力，仿佛那里面有一双胳膊正向她张开，欢迎着她的投入。她向前跨出一步，踏进了光箔劈开的空隙，时空的战栗随之而来。

这是最最奇异的体验。

她觉得自己像是由水构成的，而此刻……泛起了涟漪。

索菲亚和科纳尔在另一边等她，观察着她的反应。

“很了不起吧，奇迹锻工？”科纳尔笑了起来，眼角挤出了皱纹。

确实，很了不起。他们明明还在同一间屋子里，可一切都不同了——更明亮，更嘈杂，更暖和。房间的一角一闪一闪地亮着橘色的光，照得茉莉安眯起了眼睛；她还听到了火焰熊熊燃烧的声音、断断续续的鼓掌声和欢呼声。茉莉安不知道那究竟是什么，因为一群身着古老服装的人围在四周，把它挡住了。

“干得漂亮，斯坦尼斯拉夫！干得真漂亮！”一个上了年纪的男人大呼小叫，“短短的时间里进步了这么多，太棒了孩子！下一个谁来？艾米莉亚！咱们为她欢呼三声！艾米莉亚，加油！呜呼！”

“这是在干什么？”茉莉安小声问。

“没关系的，他们听不到我们讲话。”索菲亚用正常的音量回答道。

“那他们能看见我们吗？”

“看不见。来，走近点儿，去看看——啊！”她在人们的腿间钻来钻去，眨眼就不见踪影了，“选得挺好啊，科纳尔，还是带注释的呢！”

似乎谁也没注意到新来的三个人。茉莉安想起了她在永泊镇度过的第一个圣诞节。平安夜那天，她和朱庇特经由虚空线路——高度危险的、已经废弃不用的神奇交通线——回到了克罗庄园。那是她在豺镇的家，她度过童年的地方。当时，满屋宾客之中，能看到她的只有奶奶。对于其他人来说，她是不存在的。

爸爸甚至直接从她身上穿了过去。

“我们是在虚空线路里吗？我以前去过——哎哟！”她一头撞到了那个为艾米莉亚欢呼的老人。老人一扭头，直直地望向这边。茉莉安觉得脸上一阵作烧：“噢，真对不起。”

可老人只是回过头，好像什么也没发生过一样。

“来吧，从这儿过去。”科纳尔拽着她的胳膊肘就往人群里走。

“你确定……不用小心点儿？”

他们的的确确是在挤来挤去。偶尔有人会躲，会扭头看，但他们的目光立刻就会变得涣散，随后便看向别处，如同无事发生。他们的目光似乎落不到三个外来者身上。

“轮到你了，吉米！”那个老人叫道。

一个接着一个，这些人听到自己的名字，就急切地跑到前面去，展示他们各种各样的非凡本领。有个人能从墙上扒下影子，披在自己身上，就像穿了件黑斗篷。另一个人则凭空变出一组色彩艳丽、发着光的三维形状，让它们在半空中摆出各种队形跳舞。还有个十几岁的年轻姑娘，狡黠地模仿着房间里的每一个人——走路的模样，惯常的姿态，说话和笑起来的声音——可她不仅是模仿，而且变成了这些人。她的五官扭曲变形，又重新组合，完全就是被模仿者的翻版。大家被她逗得捧腹大笑。

然而，最最奇怪的，是他们展示本领时飘在半空的文字。这些文字闪着光，仿佛由一只看不见的手草草写就，在表演者旁边停留一会儿，就消散开去，不见了：

遮蔽

罗织

伪装

茉莉安心里一动。她想起来了。

以斯拉·斯考尔。失窃时光博物馆。

夜曲。罗织。控时。遮蔽。

“这些……就是真法吗？”茉莉安轻声道。

“有些是，”索菲亚说，“创作幽灵时段的人做了注释，所以我们才知道此刻目睹的是什么——可真是敬业的历史学家啊。”

“好了好了，”那个组织者模样的老人说，“我们共度了美好的上午，大家表现得都很不错。现在……跟我说说……昨天课上……你们……为什么……十分……可是谁也没……”

茉莉安困惑地眨眨眼睛。老人的话断断续续，像受到干扰的收音机，屋子里也渐渐昏暗下来。

“走吧，奇迹锻工，”科纳尔催促道，“这是我们的信号，该走了。”

他们找到那条空气中的裂缝，从这一边看，光箔变成了一线黑色。茉莉安伸出手一探，摸到的不是温热，而是冰凉。她跨了过去，如水泛起涟漪的感觉又经历了一遍。整个世界就像从洗衣机里拎出来的干净衣服，交织的经纬线甩过一遍，重新抖擞着，铺展开来。

科纳尔和索菲亚也回到了冰冷、昏暗的地下九层。茉莉安亲眼看到那空气中的裂缝弥合起来，光箔完全消失了。她伸出手，摸了摸那个神奇的地方，但什么也没摸到，连一丝温热都没留下。

“那是什么？那些人是从哪儿来的？”茉莉安迫不及待地问道。他们离开了空屋“科克兰”，沿着黑暗的走廊往前走。等不及回答，茉莉安又追问：“我们还能再来吗？”

“如果你愿意的话，每天都可以来。”索菲亚对她说，“不过，我们有些重要的东西，要先给你看一看。”

他们来到了温暖舒适的书房。奇狐跳上了大木桌，昨天还堆在这儿的茶杯、文件，还有围坐的地底书虫，全都不见了。确切地说，整间屋子里，只留下了摆在正中央的一本巨大的书。这本书的蓝色布封已经褪色，书页也因频繁的翻动而变得皱巴巴的，显得更厚了。

索菲亚用一只爪子轻轻地抚摸着它：“这本书是我们最最珍贵的宝物。”

这本书无疑年代久远，但爱它的人却把它保存得很好。这是显而易见的——封面边角的破损包着布料，用蓝色的细线缝合，整本书纤尘不染。

茉莉安也用手指摸着布封上的压纹字母，大声地念出了书名：幽灵时段之书。

“其实更像一本流水账。”科纳尔说着，小心翼翼地把书打开，翻到前面几页，示意茉莉安凑近来看。

每一页都分成了横的行、竖的栏，格子里满是细小工整的笔迹，一丝不苟地记录着日期、地点和姓名。茉莉安飞快地扫视着眼前的字迹，想弄明白这到底是什么意思。

地点	参与者及事项	日期与时间
傲立楼，地下九层 真法学院 “威廉姆斯”室	布里兰斯·阿马德奥，拉什班·塔拉兹德 阿马德奥与塔拉兹德的对谈，虚空线路旅行中可能出现的自我投射及其理论	神鸟纪， 第六年冬，第七个星期二 13:02—13:34 （年）
傲立楼，地下九层 真法学院 “肖”室	格丽泽尔达·伯莱里，玛蒂尔德·拉辰斯，德西玛·可可罗 伯莱里、拉辰斯、可可罗联合举办“控时”真法工作坊	东风纪， 第八年春，第一个星期五 09:52—11:44 （年）
傲立楼，地下九层 真法学院 “范·奥普霍芬”室	布里兰斯·阿马德奥，艾洛蒂·鲍尔，欧文·宾克斯 由阿马德奥为鲍尔和宾克斯教授“罗织”初级课程	令终纪， 第二年春，第二个星期三 13:00—15:47 （年）

“这是什么意思啊？我完全看不懂……”茉莉安说。

“我们也不指望你一下子看懂。”索菲亚说，“茉莉安，这是幽灵时段——至少是奇团内的幽灵时段，自创造以来的全部清单。我们对奇迹锻工和真法的大部分研究都要依靠这部书的帮助，而你需要知道的一切，也都在这部书里。”

科纳尔指着书页的底部说：“看看这个你就明白了。”

茉莉安仔细地看了看表格的最后一行。

傲立楼，地下九层 真法学院 “科克兰”室	考·莫雷，哈妮·纳卡穆拉，梅尔文·霍尔，艾米莉亚·奥拉维，斯宾塞·霍兰德－怀特，海瑟薇·萨维奇，格丽泽尔达·伯莱里，吉米·毕肖普，斯坦尼斯拉夫·拉德科夫 自由晨练；各种真法暖身演示，由莫雷带领所有同期奇迹锻工进行，提升士气、鼓舞精神	毒心纪， 第六年冬，第六个星期二 08:17－08:34 （年）

茉莉安看到了房间的名字科克兰，还有那些之前见到过的姓名、日期和时间。她渐渐地明白了。

“我们刚才回到过去了，是吗？”她问。

“严格来讲，是过去来找我们。”索菲亚说，“幽灵时段，就是从长长的历史中截出一小段时间，将它撷取到今天，在同样的时间、同样的地点进行观察。恢复和保存一段幽灵时段是非常非常困难的，只有技艺高超的人才能办到。而如果操作得当，这段幽灵时段就可以不受限制地重现。”

“举个例子，”科纳尔说，“看这一栏：第二年春，第一个星期三，早上九点钟，‘塔拉兹德’室，‘影戏’中级课程。”

“‘影戏’！”茉莉安兴奋地大声说道，“是不是刚才那个男人的戏法？我可以学吗？”

“‘影戏’是‘遮蔽’的一种，所以当然可以学，时候到了就可以。”他指了指最后一栏，“这段幽灵时段，是一年重现一次的。看到这个括号里的‘年’了吗？这代表每一年春天的第一个星期三，我们都可以在同一个地点看到同一幕景象。”

科纳尔指着这页表格的另一个地方说：“不过，你看，有些栏目标着这个符号，对吧？括号里面有个小箭头。这代表这段幽灵时段是永恒循环重现的，你大可以一辈子坐在那儿看它。”

“我们可不建议这么做。”索菲亚补充道，“‘幽灵时段’这个名字也挺狡猾，因为你会发现它们有的很短，只有几分钟，有的又很长，持续一整天——当然这种比较罕见。”

“茉莉安，一得知奇团又有了自己的奇迹锻工，路克、科纳尔和我就开始查阅梳理这部书，为你寻找最有用、最有趣的课程。这就是幽灵时段的意义——漫长历史中最好的真法教师，最好的真法课程，都在这里了。你将直接师从你的先辈，回溯数纪——上百年，上千年，要学的东西可多着呢。”

茉莉安翻阅着厚厚的书页，被前所未有的兴奋包裹着。这些纸页上记录了成百上千个幽灵时段，意味着她有成百上千个机会可以目睹真法，亲身学习。这部书是一座宝库，一架时光机，一个业已成真的梦。

她要成为一名真正的奇迹锻工了。

终于。

“这怎么可能啊……”她喃喃自语。

“这就是可能的，茉莉安，用真法中的‘控时’就可以做到。”索菲亚说，“‘控时’就是用各种方法操纵时间——穿越、复制、保存、循环、收缩、延展……”

“延展？”茉莉安惊讶地抬起头，“像昂斯托得教授那样吗？去年，我上过他的课，他讲的是……奇迹锻工的历史，唔，至少是他所认为的历史吧。他也能够做到！延展时间！可这不是真法吗？”她大笑起来：“要是昂斯托得知道自己的心法其实是真法，那他可要——”

“他确实知道。”科纳尔严肃地说。

茉莉安皱起眉头：“可是……他并不是奇迹锻工啊……他憎恨奇迹锻工……”

“是的，他确实不是奇迹锻工，”科纳尔摇了摇头，“他是我们中的一员。”

索菲亚轻盈地跑到桌子的另一边，扬起前腿，冲着一张小画像点了点头——绿色的、皮革般的脸，白蓬蓬的头发，巨大的隆起的背壳，这就是奇龟昂斯托得教授，没错。小画像是从素描本上撕下来的，随意地斜挂在墙上，和四周那些镶着画框的油画、印刷精良的地图相比，显得很不起眼。画像的底端有一行字：地下九层学术小组奠基人。

“他的记录永远那么严谨。”索菲亚说。

茉莉安低下头，望着面前翻开的书页，数百行手写的文字密密麻麻，小到需要用显微镜来看，但每一个字都是工工整整、一丝不苟的。“这是昂斯托得教授写的吗？”

“是的，这部《幽灵时段之书》是昂斯托得教授整理的。”索菲亚说，“而且他自己也制作过几段幽灵时段，不过大部分都是已经存在的。这些幽灵时段由历史上的其他奇迹锻工保存在这里，作为教与学的工具使用。昂斯托得教授找到了一些，对它们做了注释，并且记录了细节。”

“这部书是昂斯托得教授的毕生心血，”科纳尔拍了拍书页，“唔，一部分心血。另一部分是学习‘控时’。茉莉安，那不是他的心法，而是他终身的使命与执着。至于他自己的心法……老天，我都不记得了。你还记得吗，索菲亚？”

“不记得了，”索菲亚若有所思，“我想应该是凡尘一类的吧。我甚至都算不上认识他。”

“总之，关键就是，”科纳尔说，“人人都能学习真法。”

茉莉安扬起眉毛：“他们学得会？”

“唔……”索菲亚摇晃着脑袋，好像不太确定似的，“我恐怕不会说人人都能学会真法。科纳尔，或许应该说，人人都可以学会其中一种，至少，学会点儿皮毛。比如圣诞老人，不就学会了‘烈焰’吗？”

茉莉安倒吸了一口气：“真的！我就知道！我早就猜到了！他的那些表演其实就是‘烈焰’！”

“只有一小部分是，”科纳尔不情不愿地咕哝道，“其他的都是幻象、力学应用、低薪精灵的才华之类。”

“但是，尽管圣诞老人很聪明，”索菲亚毫不介意自己的话被打断，继续说道，“他对‘烈焰’的了解却很浅显。而昂斯托得教授将毕生精力都献给了‘控时’这一种真法，却也只能说学得不错，远远谈不上精通。其实原因很简单：该学的太多，可生命太短。”

茉莉安觉得自己的兴奋平息了：“噢。”

索菲亚用毛茸茸的赤色尾巴盘绕着身体。“正是出于这种原因，昂斯托得教授创立了地下九层学术小组，他希望在斯考尔被驱逐、奇迹锻工缺位的情况下，将真法保存下来。奠基人共有九位，他们发誓此生致力于真法的一种，秘密地学习、研究、应用，以维持这些知识的活力。

“成就最高的就是昂斯托得教授。其他人，比如圣诞老人和斯特拉里亚……噢，对你来说，她应该是圣诞夫人——”

“圣诞夫人也在这儿学习？”茉莉安一下子又高兴起来了。

“嗯，是啊，她主攻‘罗织’真法。这些奠基人里只有少数取得了一点儿成就，大部分都惨遭失败，于是灰心沮丧，最终放弃了。他们把学到的东西，传给了科纳尔他们那一批学者，那一批学者又传给了他们的接班人，就这样，一代又一代，到了我们这里，仍然努力着，不愿让这知识的火把熄灭。”

茉莉安好奇地打量着面前的奇狐：“那你学的是哪一种真法呢？”

“我？”索菲亚哑然失笑，“天哪，没有，我是来这儿观摩真法的，可不是要学着使用它。有些学者是打算投身学习的，比如年轻的拉维就选定了‘伪装’，但近些年来，地下九层学术小组的主要任务是保护历史，而不是重现和学习。”

“对于我们这些普通人而言，”科纳尔解释道，“学习一种真法，就像学习一门非常复杂的语言，你不知道还有谁讲这种语言，也没听别人大声讲过。”

“我可不擅长学外语。”茉莉安老老实实地承认道。

索菲亚走过来，端坐在茉莉安面前，目不转睛地看着她：“科纳尔说的是‘对于普通人而言’。至于奇迹锻工嘛，你们学习真法，应该更像是……突然想起自己还会说另一种语言。”

索菲亚静待这些话深入人心。有那么一阵子，屋里只有壁炉里火焰噼啪的声音。

茉莉安凝视着这本《幽灵时段之书》，困惑地皱起了眉头：“我不明白。昂斯托得教授付出了这么多，甚至花了一辈子时间来学习真法，可他教给我的却只是奇迹锻工的邪恶、愚蠢、危险。他说奇迹锻工都死了才好。他是不是……你们说，他是不是……嫉妒？”

科纳尔和索菲亚交换了个眼神。

“我们知道，他晚年确实如此，”科纳尔说，“只是这个海明威·昂斯托得和我以前认识的那个差别太大了。我所认识的昂斯托得，我的老朋友，和我一样，对奇迹锻工的种种充满了兴趣。但后来他就变了。我也说不上为什么，因为有一天，那个固执、愤怒的老家伙突然离开了小组，后来我们就再也没说过话。”

索菲亚有些难过，她轻声说：“很久之后我才来到地下九层。但昂斯托得教授的牺牲，真的是整个奇团的巨大损失。可能连长老们都没有意识到这一点。我们认为他对‘控时’的了解举世无敌——当然，以斯拉·斯考尔不算在内。”

茉莉安回想起万圣节的夜晚，还有失窃时光博物馆。她仿佛还能看见昂斯托得的脸，还能看见他缓慢地眨着眼睛，干裂的嘴巴吐出最后一个字：跑。

“你的好朋友不在了，请节哀。对不起。”她对科纳尔说。

索菲亚用前爪搭住茉莉安的胳膊，仰脸望着她：“昂斯托得的牺牲不怪你，懂吗？没有人会怪你，那跟你一点儿关系也没有。”

“还是有点儿关系的，”茉莉安说，“毕竟，他是为了救我的命。”

“很高尚，”科纳尔说，“那是他的选择。相信我，谁也不能勉强海明威·昂斯托得做他不愿意做的事。”

科纳尔说完这番话，拎起了他的手杖。

“好了，伤感的絮絮叨叨就到此为止吧，”他说，“茉莉安该见见其他的奇迹锻工了。”

10

赏金之夜

接下来的几个星期和茉莉安之前在奇迹社团的经历完全不同。她仿佛置身于糖果店中，想要什么都可以伸手就拿。对于渴求知识已久的她来说，《幽灵时段之书》无异于一场盛宴。

不过尽管如此，路克还是要求茉莉安严格按照她和科纳尔、索菲亚制定的日程表来学习，并且警告她，绝不能仅凭喜好随便进入哪一段幽灵时段。助教说，他们选择每一节课都是很谨慎的，因为只有恰当的基础和桥梁才能达到循序渐进的目的。所以，到目前为止，他们只开了两门真法课程：烈焰和罗织。

“罗织是一种塑造和重塑世界的真法，适合初学者入门，”路克这样解释，“即从一种或多种来源获得能量和物质，然后进行调整，或彻底转化。大部分奇迹锻工都认为，在所有真法中，罗织的用途最广泛——当然，也有人不这么想。”

要是他们允许，茉莉安真想每一天从早到晚都泡在地下九层。她实在享受这样的时光。现在，她已经能够更好地控制烈焰（在一堂难忘的课上还学会了喷出彩虹色的火焰），而在罗织课上，她正苦练本领，在不触碰的情况下移动屋子里的家具。

茉莉安的烈焰是自然而然就会的，而罗织就不一样了，不但理解起来非常困难，具体实施起来更是难上加难。挪动一把椅子，看起来挺容易吧，可实际上那并不是"挪动椅子"，而是"构建椅子所在的那个世界"……或者，换句话说，就是说服奇迹能，另造一个世界，让这把椅子在其中移动。

总之诸如此类吧，茉莉安对这些原理还不太理解。

反正，当茉莉安终于将那把椅子弄倒时，她和索菲亚都高兴得大嚷大叫起来。

科纳尔还带茉莉安去旁听了一些高级课程，免得她在学习基础知识时没有动力、灰心丧气。那些老一辈奇迹锻工的罗织真是应用得出神入化啊！茉莉安亲眼看到其中一位让桌子腿长出一棵树，另一位把自己的眼泪变成了钻石。

茉莉安知道，自己距离钻石眼泪的水平还差得很远。但她从先辈那里学到的每一点技能、每一点智慧，都增加了她的信心，并且令人惊讶地改变了她在奇团的心态。在傲立楼的大厅里，她仍然能听到不友好的嘀嘀咕咕，可现在她不在意了，那些话就像胶皮球似的，从她身上弹开了。她仍然要作为白袖子学员去学习奥术学院那些古怪的课程，不过如今她再也不会为此发愁了，反倒充满了兴趣。

终于，奇迹社团有了意义，身在其中的茉莉安，也有了意义。

星期二下午，“奇状动物生僻语言”工作坊结束后，茉莉安和马希尔从餐厅打包了一些三明治，来到了地下五层的驭龙骑术体育馆。

在919团语言天才的帮助下，霍桑的龙语总算有了一些进步（在马希尔看来，进步得非常缓慢），所以他最近打算实践一番。一年前，霍桑还连一个单词都懒得学，可现在他渐渐明白，要是想实现成为一名伟大驭龙者的抱负，那么就必须使用龙的语言，与它们直接对话，进行训练。

茉莉安和马希尔坐在看台上，看着霍桑眉头紧锁地和那头名叫“千盏木炉燃如火”的龙讲话。龙时而从鼻孔里喷出热气，时而激动地甩起巨大的尾巴，最后干脆掉转身子，背对着霍桑，闭上眼睛，端坐在体育馆中央打起盹儿来了。

“尴尬了。”马希尔说。

“龙语课上可没教过这些吧，”霍桑爬上看台，一边瞥着那头闷葫芦似的龙，一边说，“随便你讲得多流利，只要这些又大又笨的家伙不想搭理你，它们就一个字也不会对你说。”

茉莉安耸耸肩，拿出自己的奶酪酸黄瓜三明治，分了一半给霍桑，霍桑则递过半个芹菜烤牛肉三明治跟她交换。“你才试了几个星期而已嘛，这些龙可都有几百岁了，霍桑，你得有点儿耐心才行啊。”

“我已经很有耐心了啊。我超级讨厌耐心什么的！太无聊了！”霍桑抱怨道，“龙啊，真的很没礼貌。真的，要不是 hal’clahar fejh alm’ok，我早就 mish kadrach f’al 了！”

马希尔匆匆吞下一大口鸡肉三明治，发出快要窒息似的声音。“‘hal’clahar fejh alm’ok’？为什么要跟龙说，你家有绞肉机？是因为这样听起来……呃，有威胁的意思吗？”

“什么？”霍桑皱起眉头，“我的意思是‘你喷的火明亮得像阳光’啊。”

“呃，不对，”马希尔半是好笑半是绝望地说，“这句话不是你说的那个意思。我也不知道你干吗要说‘mish kadrach f’al’，反正我是绝不希望一头龙跟我说什么‘饥肠辘辘、随时开饭’的。”

茉莉安乐不可支，巧克力牛奶都从鼻孔里喷出来了。

“那它还让我骑着它？”霍桑气哼哼地往她手里塞了一张餐巾纸。

“可能是因为你的骑术比蹩脚龙语要强得多吧。我敢打赌，这些龙一定都在背后议论你呢。”马希尔站起来，掸掉衣服上的三明治渣，笑着望向体育场，“我得走了——我跟弗朗西斯说好，要帮他奶奶翻译一份食谱。专列上再见吧。”

茉莉安跟马希尔挥手道别，却还是止不住地咯咯笑着，笑得霍桑自己也摇头大笑起来。“别笑了，牛奶喷壶小姐。今晚他们把你安排在哪儿？”

“滕特菲尔德，”她说，“奇迹枢纽外面。灰色区域。你呢？”

“索贝里车站。灰色区域是什么意思？”

“显然是最安全、最没劲的区域，”茉莉安叹了口气，翻了翻眼睛说，“距离下水道有鳞兽的热门繁殖地很远，所以距离赏金之夜的行动区域也很远。我要做的就是阻止人们进入车站，把他们直接带到绿色区域。哼，那些计划中假想出来的人根本不会出现，因为他们早就躲到绿色区域去了。”

“这么说你将度过一个愉快的夜晚。”霍桑咧嘴笑道。

“我本来不想告诉你的，绞肉机先生，不过索贝里车站也是灰色区域哟。”

“什么？唉——”霍桑瘫坐在座位上，直直地伸着两条腿，“他们干吗要拆散咱们呢？一个团队在一起不是更好吗？”

茉莉安吞下最后一口三明治，回答说：“欢悦小姐说他们给我们每个人都配了一位有经验的搭档，因为这是我们第一次执行离神任务。”

“在空荡荡的车站外面傻站三个小时需要什么经验啊……”霍桑又往下滑了一点儿，整个人都快躺平了。他像泄气的轮胎似的，发出一声长长的、低沉的哀叹。“早知如此，我真该像萨蒂亚那样，主动要求执行下水道里的任务。那个至少还有点儿意思。”

“好了，高兴点儿吧。”茉莉安把三明治包装纸团起来，站起身说，“要是你真想在齐腰深的污水里蹚来蹚去，那就明年去试试吧。”

茉莉安宁愿去蹚下水道，也不愿意和“有经验的搭档”在一起耗三个小时。刚刚过了五分钟，她就想投靠萨蒂亚了。

“快点儿，来吧。”

茉莉安绷着脸：“来什么啊，海洛薇兹？”

“你明明知道吧……你这个……奇迹锻工。”

“嘘！”茉莉安四下看看，确保没有人听到，才说道，“你疯了吗？这可是公共场所！必须对奇团外的人保密。你知不知道这会惹出——”

“哼，得了吧。”海洛薇兹的眼睛都快要翻到后脑勺了。她掏出一只流星镖，剔起指甲来。流星镖涂成了鲜艳的、毒蛇般的绿色，以搭配她那一头苔藓似的头发。“这儿又没人。所有人都去寻宝了。”

“这可不是寻宝。”

这当然不是真的寻找珍宝，但也可以姑且这么认为。虽然茉莉安还没有完全弄清整件事，但她也隐约意识到，赏金之夜是个很聪明的做法。奇迹社团花了几个星期来谋篇布局，事无巨细，安排妥当，霍利迪·吴和她的公共离神事务局简直像是拼了命。整个永泊镇都兴奋不已，就连丢卡利翁大饭店的员工们都在议论纷纷。

就茉莉安目前所知，赏金之夜有点儿像大型寻宝游戏。永泊镇的每一位居民都拿到了个人专属的地图和谜题，当然，路线都是严丝合缝地设计好的，最终会把他们引向绿色区域，远离下水道有鳞兽可能出没的地方，同时搭配奖励，以确保人们高度参与。

永泊镇的所有居民将共同争夺一百份“赏金”。大家谈论起赏金来，那劲头像是宁愿卖掉自家老祖母也要弄到一份。因为这份赏金不是黄金、珠宝，或其他有形的物件，而是永泊镇人更为珍视的东西：奇迹社团为你圆一个梦。

“珍宝，圆梦，随你怎么说，反正都是同一个意思。”海洛薇兹坐在栏杆上，两腿交叉着，“重点是，没有人会来。相信我，像这样傻了吧唧的离神任务我都参与过好多次了，他们从没有给我安排过什么有趣的地点。快闭嘴老实待着吧。”

“你为什么非要我再来一遍呢？”茉莉安也不客气了，“上一次我都把你烧伤了。你的记性就这么差吗？”

“你做不到，对吧？”海洛薇兹满脸恶意。她从栏杆上跳下来，凑到茉莉安面前：“你根本做不到，你什么也不会。如果奇迹社团真的有了一位奇迹锻工——真正的奇迹锻工，而不是你这种笨蛋——那他们肯定会给他安排个更重要的工作，而不是在这儿——”

茉莉安的胸膛里燃起了火焰，她一张嘴，火苗就烧焦了她们头顶上的一块路标。茉莉安突然意识到自己经不起挑衅，而海洛薇兹似乎真的吓坏了，又是叫又是笑地嚷嚷起来。

“你疯了吗？这可是公共场所！”她照搬茉莉安刚才说过的话，尖刻地讽刺道，“在奇团之外是不准做这种事的吧！难道你想让所有人都知道，你是个奇迹锻工？”

“嘘！海洛薇兹，别说了！”茉莉安紧张地四下看看。

“我可要把这件事告诉长老们，”海洛薇兹用流星镖拍着自己的腿说，“除非，你靠墙站好，让我练练瞄准。我保证，不瞄准你的脑袋，怎么样？”

“喂，闭嘴吧。”

这名高年级的学姐却突然严肃起来：“那应该是你。丢失心法的人，应该是你。不是阿尔菲。”

茉莉安咽了口唾沫。话题突然改变，她一时反应不过来。其实，她常常会想到海洛薇兹的男友阿尔菲·斯旺。去年在邪灵黑市，她救了他的命。阿尔菲本来能够在水下呼吸，可他经历了绑架、拍卖之后，心法就消失了，就连奇迹社团的人也不明白这到底是怎么回事。从那之后，茉莉安就再也没在奇团见过阿尔菲了。她甚至不知道，阿尔菲还是不是奇迹社团的成员。

“你……见过他吗？”茉莉安有些迟疑地问，“他还是……”

海洛薇兹突然眼眶泛红，她紧皱眉头，使劲儿地眨了眨眼。

“没有心法，是吗？”她咬牙切齿，但声音有些哽咽，“对。他妈妈认为——”

但茱莉安并不知道阿尔菲·斯旺的妈妈到底怎么想，因为海洛薇兹被街上突然响起的吼叫声打断了。两个女孩儿都吓了一跳。

茱莉安四下张望，搜寻这奇怪巨响的来源。她惊恐地发现，有一个高大魁梧的身影正在道路中央缓步而行，距离她们只有几百米远。难道是有人看到了刚才的火焰，所以赶来一探究竟？

她紧紧地咬住嘴唇。他们看见火焰是从哪儿来的了吗？

她们一言不发，紧张地盯住那个身影，等他再走近一点儿就能看清了。

“他是奇团的人！”茱莉安说道。她惊觉自己的声音似乎大了一点儿。“是……布鲁特斯·布朗，萨蒂亚的摔跤教练。”

“噢，是他呀！那位奇熊！”海洛薇兹说，“很好，我这就去告诉他，可恶的奇迹锻工当街放火，烧坏了路标！”

“别……海洛薇兹，等等！”茱莉安一把抓住她的胳膊，把她拽回车站墙壁投下的阴影里。

“喂，你干什……”

“嘘！你看——”

布鲁特斯似乎有些不对劲。他的行为……是熊的行为。

茱莉安上一次见到他的时候，这位教练正心平气和地指出萨蒂亚上一场比赛中的问题。当时他用后腿直立站着，前爪捧着记事板，而且……天，还穿着一身莱卡运动套装呢！

可现在他却在扒拉垃圾桶，把里面的东西翻得到处都是，哼哼唧唧地吼着，就像一头闯进露天营地惹祸的灰熊。

“他喝醉了吗？”海洛薇兹没心没肺地笑了起来。

看上去是有点儿像喝醉了，茉莉安心想，不过可不是那种逗人发笑的醉法。布鲁特斯走近了，茉莉安看见他鼻子嘴巴四周黏着一圈厚厚的白色口水。他不停地嗅着空气，样子很奇怪，而且时不时地在街边停下来，猛掴信箱，或用力敲击汽车的引擎盖。

茉莉安心里一阵发慌，因为他这模样……就像个狂躁的奇状动物。

她突然想起了平安夜那天，想起了奇迹枢纽里的那头奇豹——尤维拉·弗莱姆瑟。当时，她在长长的车厢里走来走去嗅着四周的方式，还有她扑向小戴夫时空洞凶狠的眼神，都和眼下的布鲁特斯一模一样。

“我们得离开这儿，”茉莉安轻声说，“他会攻击我们的。”

“什么？”海洛薇兹不以为然地哼了一声，“不，他才不会呢。虽然喝醉了，但他毕竟是老师啊。”

就在这时，像是要证实茉莉安的推测一样，一只闲逛的猫横穿大街，闯入了奇熊的视野。奇熊发出雷鸣般的怒吼，狠狠地一掌拍了过去。可怜的猫哀鸣着，嗖的一声飞上树梢，不见踪影。

海洛薇兹倒吸一口冷气，捂住了嘴巴。

茉莉安四下搜索，想找一条小路溜走，躲开奇熊的行进路线。或许，能有些影子什么的掩护她们钻进小巷里去。可惜，不行。这儿是奇迹枢纽车站，当然四面八方都照得亮堂堂，活像巨人竞技场里的夜间比赛。这一带唯一的一小片阴影，就是她们此刻站的地方。

“我们得对他实施离神。”茉莉安说。

海洛薇兹喘着粗气，突然意识到了处境的严峻：“然后呢？”

“想办法让他看别处，然后我们就跑。”

“这个好办。”海洛薇兹掏出流星镖，对准了街对面的一个信箱。只听当的一声，流星镖正中目标。这声音确实分散了奇熊的注意力。他跑到距离车站五十米的地方，钻到一个满满当当的垃圾桶后面，蹲下来不走了。

“然后呢？”海洛薇兹轻声问。显然，她已经决定让茉莉安来主导这一切，尽管她要年长三岁。

“我……我也不知道。让我想想。”

茉莉安本来以为，奇熊会朝着发出声音的地方去，却没想到，他发现了她们之前争吵时烧坏的那个路标。奇熊望着路标，愣在原地，拼命地嗅着，鼻子都颤抖起来了。他露出困惑的神情，而后越发愤怒，终于狂躁地咆哮起来，巨响蔓延了几条街巷。

吼声来得突然，而且距离很近，茉莉安和海洛薇兹不由得一颤。也不知道是有人碰到了，还是巨响震动所致，她们身边垃圾桶的盖子滑了下来，咣当一声砸到了地上。

布鲁特斯循声而来，胸膛里酝酿着低沉的咆哮。茉莉安只觉得嘴巴发干，一种被猛兽追猎的原始恐惧在她肚子里翻腾。

奇熊再次细嗅空气，抬起前爪直立着吼叫起来，并且茉莉安非常肯定，他的眼睛里闪着莹莹绿光。

布鲁特斯狂乱地甩动巨大的脑袋，仿佛嘴里衔着什么猎物，要甩断它的脖子一般。他四脚踏地，冲着茉莉安和海洛薇兹冲了过来。

“快跑！”茉莉安大喊一声。

她们沿着空旷的大街中央飞奔。茉莉安的胸膛因为用力呼吸而火辣辣的，耳朵里也满是靴子踏在鹅卵石地面上的声音。突然，她听到有人在喊自己的名字，这才发现海洛薇兹没有跟上来。

她转过身，目光落在那一头绿发上面。只见海洛薇兹蜷缩着趴在地上，巨大的奇熊径直朝着她冲了过去。她要么跌倒受伤了，要么吓得动弹不了了。

布鲁特斯眼看就要扑到她身边了。茉莉安哼出几个音符，指尖开始微微刺痛——奇迹能正向她涌来。她拼命地想办法，可惊惶失措地什么也想不出——站起来啊，海洛薇兹，她绝望地想道，动一动啊，跑啊！

但不可思议的是，布鲁特斯跑过海洛薇兹的身边，没有停下，仿佛根本没看见她似的。他反倒冲着茉莉安追过来了。

于是茉莉安只能照着自己唯一的念头去做——转身，跑。

她希望海洛薇兹安然无恙，要是能去找人来帮忙就更好了。

茉莉安拼尽全力，用最快的速度跑过一条街，又一条街。她时而向左，时而向右，冷不丁地转弯，想要甩掉布鲁特斯。但奇熊块头大，跑得快，眼看就要追上来了。她怎么可能跑得过一头熊呢？

跑不过，但可以比一比智慧。

茉莉安的大脑飞速运转，一条一条地梳理着她途经的地方，一点一点地寻找着任何有可能救自己一命的东西。

伞轨车缆索。附近没有站台，你也没有带伞。

树。熊会爬树，会追上你。

消防栓。用不上。

诡计巷道。

等等。

诡计巷道。红色警戒等级。

红色警戒等级的诡计巷道，意味着“内有高危诡计，进入后可能会造成人身伤害”。茉莉安必须做出选择：进入诡计巷道，面对未知的危险，或者，体力耗尽，面对必然的结局——被一头九英尺高、利爪如刀的狂躁奇熊袭击。她所学习的真法还不足以保护自己，或许烈焰可以，但她一时想不出该如何使用。布鲁特斯肯定有什么地方不对劲。他需要的是帮助，而不是跑偏的火球。

真没什么可选的了。

茉莉安没有放慢速度，一头扎进了那条狭窄的小巷。她准备好迎接这里包藏的危险了。刚刚越过红色警戒牌三米远，水就从四面八方喷洒而来，很快就溢满了小巷，溢满了她的鼻子、嘴巴、耳朵。她在水中上上下下地翻滚，就像从暴风雨中的船上跌落。水浪一波一波地拍过来，每次她费力地把脑袋探出水面，就有新的浪花劈头盖脸浇下。

茉莉安不知道熊或者奇熊会不会游泳，但她知道自己有一项强于布鲁特斯的优势，那就是，她了解诡计巷道的运作方式。

如果你想通过诡计巷道，那就只管让诡计施加在自己身上就好。顶着各种难受和痛苦往前走，直到你快要达到极限，再也忍受不了……你就走出去了。

至少，她以前试过的那些诡计巷道，都是这样通过的。

她放弃了抗争。不再跟水流较劲，也不再把头伸出水面。她不再躲避，而是迎着汹涌的水浪游过去，扎进一团又一团浑浊的水中。她觉得自己随时可能会淹死，或被冲走。没有什么可以抓住的、可以依靠的东西。没有什么能保障她的安全。

茉莉安突然觉得一条腿钻心地疼，她忍不住在水中叫了起来。

一抹绿光闪过。一朵血红浮起。

她扑腾着，脚好像踩到了什么东西，那是布鲁特斯·布朗。他们在汹涌的水中扭打着，奇熊的脸时隐时现——大张的嘴巴，锋利的牙齿，恶狠狠闪着绿光的眼睛。他又挥来一掌，没有击中，这时一波水浪猛地扑来，他不见了。

茉莉安尝到了血的味道，还有咸咸的味道。她觉得胸口一阵剧痛。

她的肺里没有空气了。她的四肢没力气扑腾了。她沉入小巷底部，就像一块沉甸甸的石头。噢，这回完了，结束了，真的没希望了。这时——

空气。

茉莉安大口大口地吸着气，浮出水面。随着震耳欲聋的呜呜声，水倏尔消失殆尽，茉莉安缩成一团，倒在鹅卵石地面上。

一切都静下来了。

她成功了。她从诡计巷道逃出来了。

原来这里的诡计就是“淹死”。

她浑身上下浸着水，衣服、头发、靴子，全都湿答答的。她猛烈地咳嗽，急着呼吸，却呛出好几口水。她觉得喉咙疼极了。

不过，奇熊不见了。

恢复了呼吸之后，茉莉安强迫自己坐起来。这简单的动作疼得她龇牙咧嘴。她的左腿裤管扯破了，又长又深的巨大爪痕从膝盖上方一直延伸到小腿。伤口还在流血，随着肾上腺素的消退，整条腿都一跳一跳地疼，疼得她直打战。她不知道自己还能不能站起来。

而更忧心的是，茉莉安不清楚自己身在何处。当然，原路返回是不可能的。街上黑漆漆的，她冷得打哆嗦，四周一个人也没有……

而且……老天啊，她刚才差点儿淹死，还被一头奇熊袭击！

茉莉安突然有一种想哭的冲动。她觉得就算哭一场也没什么大不了的——坐在地上，穿着湿衣服，哭一场。然而，她的脑海里却有个微弱但理智的声音说，这是不切实际的，哭一场也不能让你离家更近些。不过，这“微弱但理智”的声音似乎很遥远，茉莉安只想跟它吼一句“闭嘴”。

她闭上眼睛，背倚着坚硬的砖墙，呼吸越发急促。她已经精疲力尽了。

她只想睡觉。哪怕一分钟也行。

她的眼睛猛地睁开，又合上了。

夜色深沉，寂静无边。

II
病房访客

茉莉安沉入深邃、静谧的海底，安然自在，万事皆空。她可以永远这么待下去。或许，她本来就情愿这么待下去。然而，安宁被打破了。

一个声音冲入寂静，犹如鹅卵石从高处落入水面。

起来，那声音说，没有人会来救你。

是谁在说话？还是茉莉安自己头脑中的声音？反正她已经无所谓了。昏暗而温暖的虚无感像毯子一样，将她包裹起来，而她只想更深地沉溺其中。

起来，那声音又说，难道你想死在这儿？

“走开。”茉莉安嘶哑地挤出两个字。

寂静渐渐退去。茉莉安慢慢地有了意识——自己平稳而有节奏的呼吸，半睡半醒的迷离，像温热的茧。

随便你好了，那声音说道。

脚步声远远地消失了，茉莉安从海底向上浮起，浮起，浮起，完全恢复了意识。

她微微睁开眼睛，却没有看到任何人。

只有她沉重、颤抖的呼吸声。又是一声。茉莉安紧紧咬着牙，背倚着小巷边的墙壁，一点一点地挪动着。她试着将重心放在没有受伤的那条腿上，努力地想要站起来。就在她凭借着一条腿的支撑，马上就要站起来的时候，却力气尽失，侧着身子重重地倒在鹅卵石地面上。

钻心的剧痛立刻蔓延到整条腿上，茉莉安疼得大叫起来。她一动不动地躺在那儿，静静地熬着，将剧痛熬成一跳一跳的钝痛。她仔细地辨认着四周的声音——脚步声也好，远处的动静也好——最终还是决定老老实实待在原地，等待天降神兵来救自己。

可街巷里静悄悄的。脑海里的那个声音说得没错：没有人会来救你。

“起来！”她咬着牙给自己打气，“站——起——来！”

她呻吟着，颤抖着，苛刻地训斥着自己，折腾了十几分钟，终于站起来了。她忍着疼，极慢地往前走，大睁着双眼，寻找着路牌或自己认得的地标。只要知道自己在哪里，她就一定能想办法回家。她很自信。她知道这是自己擅长的。

她在脑海中勾勒出一幅永泊镇地图。这么做常常能带给她一种奇异的安慰。她喜欢永泊镇的模样——无序、混乱、毫无规划，却仍然是可以记住、可以掌握的。猛兽也是可以驯服的。

但此时此刻却有些不对劲。她脑海中的街巷乱成一团，犹如打了死结，地图也模糊起来。

她离开那条诡计巷道，刚走出半个街区，大路中央的一个下水道口突然打开了。

“现在该怎么办啊？”她低声呻吟，晃来晃去。她是不是不小心误入了红色区域，闯到下水道有鳞兽的地盘来了？这些怪兽会不会打算在今晚杀了她？

然而，下水道口却钻出了六七个身穿黑衣、满头大汗的奇团成员。他们把各种装备往大街上一扔，互相击了个掌，然后打开水壶咕噜咕噜一通猛灌，接着就精疲力尽地倒在地上。

“茉莉安？”熟悉的声音响起，萨蒂亚乱蓬蓬的红发冒了出来。她惊恐的神情表明，茉莉安的模样跟她自己的感觉一样糟透了。“茉莉安……怎么，你的腿……你在流血！出什么事了？”

“只是擦伤。”茉莉安早就想好这句话了，尽管这伤势一看就知道不可能是擦伤。她很庆幸自己足够聪明，抓住了讲这句话的机会。然而当她想冲着萨蒂亚骄傲地微笑时，她却察觉这笑容昏昏沉沉，早就从脸上滑掉了。

“哎呀哎呀，慢点儿慢点儿。”加文·斯夸尔斯说道。茉莉安突然脱力似的向下坠去，幸好一双肌肉发达的手臂托住了她的腰。随之而来的还有一股浓重的下水道气味。

“你……太臭了。”

“是啊。麦克劳德，她得去医院。发射信号弹，让医疗队过来。”

“不。”茉莉安说道。四周的街巷开始歪斜，她隐隐作呕。“去大饭店。”

“她有些神志不清了。”另一个女性的声音说，“我们会送你去医院的，亲爱的，别怕。到了医院就好了——”

“大饭店！”茉莉安大叫着，一边又一遍含混不清地解释着，“丢可里昂……丢卡里扬……丢卡……利昂……”世界向一侧倾覆，四周唯有黑暗。

茉莉安不是在“丢卡利昂大饭店”醒来的。确切地说，不是什么“大饭店”。

一开始，她还以为自己回家了。她以为自己的卧室又在闹脾气，所以把床变成了不舒服的硬板子。不过，不是，不是家里，是奇迹社团教学医院里的病床。她的大脑渐渐清醒，几分钟后，前一夜发生的事情就一点点拼合起来了。她记得自己遇见了好多好多水，记得自己被布鲁特斯·布朗袭击了……呃，当时萨蒂亚在吗？她是因此才被送进医院的吗？

茉莉安的左腿规规矩矩地包扎着，钝痛随着脉搏一起一伏。她试着弯了弯膝盖，非但没能成功，反倒因为延伸到脚趾的剧痛大声呻吟起来。

“被抓伤了是吧，小家伙儿，”端来早餐的护士懒洋洋地说道，“昨晚挺糟心的吧？”

大人就喜欢轻描淡写，茉莉安想道。她慢慢调整姿势，小心翼翼地靠在枕头上，看了看四周。病房里有一半床位住着病号，大多是成年的奇团成员，只有一两个学员。茉莉安以前没有住过院。这里真是……非常洁净。一片纯白。闻起来有点儿怪。

“还行吧，”她哑着嗓子说道，“我被一头奇熊追赶，后来又淹进了水里。”

“噢，是吗？”护士没什么兴趣。他拉起茉莉安的手腕，测量了她的脉搏，然后记在了记事板上。“确实可怕。确实。那边的那位鲁珀太太，从浴缸里出来时滑倒了。真是糟糕的一夜啊。”

“昨晚还有别人被送来吗？”茉莉安问，“有没有一个名叫海洛薇兹的女孩儿？”

“那个绿头发的戏精吗？是啊，来了，按休克治疗的。”护士俯下身子，翻了翻眼睛，悄声说道，“只是给她盖上毯子，然后就送走了。”

原来是这样。装死确实很明智。一阵剧痛袭来，茉莉安不由得缩了缩身子。要是自己也能想出这么狡猾的主意就好了。

“那有没有人……呃，知道我在这儿？比如我的资助人，或者……”

“金发小伙儿？浮夸风流？自诩幽默？”

“就是他。”

“哼，真得叫他悠着点儿！我还从来没见过像他那样的人呢！”护士愤愤不平地说，“他说你一醒来就要告诉他，所以我这就得去……”

“小茉！小茉！你醒了！我来了！”双层门还没打开，朱庇特的声音就先闯了进来。

“……告诉他。”护士说完后半句话，又翻了翻眼睛，就去照顾下一个病号了。

朱庇特的头发竖着歪向一边，看起来奇奇怪怪的。他大睁着眼睛，似乎一夜没睡。他甩开长腿，跨了三大步，横穿病房，紧紧地抱住了茉莉安——差点儿把她的骨头箍碎了。

“我……朱……没事。”他松开她，过了一分钟，又抱住了。

两个人都平静下来之后，茉莉安把前一晚发生的事从头到尾告诉了朱庇特。她把那些模模糊糊、一小块一小块的记忆拼合起来，每一个可怕的细节都让朱庇特的脸色更苍白，指甲啃得更短。当她讲到自己快要淹死在诡计巷道里时，朱庇特尖声呜咽起来。他跳起身，在病床前来回踱步，烦躁不安地捋着大胡子。

“不过，没事了。”茉莉安不在意地耸耸肩，希望朱庇特坐下来冷静冷静，“没事啊，我没事，一切都好好的。”

朱庇特气哼哼地看了一眼她打着绷带的腿，懒得反驳这些粉饰太平的话。他一阵风似的冲出医院，发誓要在布鲁特斯·布朗伤害更多人之前把他抓住。

茉莉安不知道这是不是个明智的主意，并且也赶在朱庇特出门前直截了当地说出来了。当然，他心情糟透了，可能也静不下来去想更好的计划。茉莉安只好听天由命地跟他挥手道别，觉得这样下去，到第二天早上，不是布鲁特斯在临时法院被判刑，就是朱庇特惨死在他的熊爪利齿之下——后者似乎可能性更大。

她叹了口气，闭上眼睛，任由从未有过的深深疲惫蔓延上来。

第二天，朱庇特又到医院来了。这次他冷静多了，可能是因为一同前来的还有钱达夫人。钱达夫人招来一群蓝知更鸟，给茉莉安唱了一首歌，祝她早日康复，闻声而来的小松鼠还帮她拍松枕头。不过，松鼠可能并不知道应该怎样整理枕头，或是压根儿对此不感兴趣。它们更喜欢蹿到床头柜上去偷葡萄，闹得病房一片大乱。护士蒂姆要求钱达夫人解散动物园，不然就要送客。

只有奇团成员或病人的直系亲属才能进入教学医院，所以丢卡利翁大饭店的员工们托朱庇特和钱达夫人带来了巧克力、水果、书、鲜花、卡片、气球，还有一个咬得歪七扭八的胶皮玩具，一捏就会发出呼哧呼哧的声音，活像一只患了支气管炎的鸭子（是小芬的）。至于杰克的手写卡片，则在同情茉莉安伤势的同时，骂她是个笨蛋，说她注定有一天会被熊咬伤，而他们早该预见这一点才对。

“哼，那可不是普通的熊，是一头奇熊。”茉莉安把卡片放到床头柜上，咕哝道，“到底谁才是笨蛋啊，杰克？”

钱达夫人给她和朱庇特讲了自己排练新剧《魔咒》时的趣事，还说等茉莉安的腿伤好了，就带她到永泊镇歌剧院的后台去看看。不过，茉莉安对歌剧界的爱恨情仇不太感兴趣，她现在满脑子想的都是布鲁特斯·布朗，所以瞅准时机便礼貌地换了话题。

“你们说，他是不是……是不是和尤维拉·弗莱姆瑟的情况很像？会不会也失去意识，晕倒在什么地方了？”她小声问道。钱达夫人惊惶地轻呼一声。

“其实我也这么猜测。”朱庇特承认道，“我跟长老们谈过了，也跟潜行特勤谈过了，他们都说事情正在调查中……”他的话没说完，仿佛飘着一个问号。茉莉安明白，朱庇特心里有疑虑，但不想说出来。

茉莉安在医院里住了几天，这期间，来探望她的人络绎不绝。一天下午，索菲亚来了，她在茉莉安的床尾坐了好几个小时，低声讲述了她曾在地下九层所目睹的最令人难以置信的幽灵时段。欢悦小姐带着美味的巧克力饼干和整个 919 团来了。萨蒂亚乐此不疲地讲着茉莉安那戏剧性的晕倒场面，还说她被送上救护车时，称赞加文·斯夸尔斯的眼睛很漂亮——不过茉莉安对此表示高度怀疑。

那之后，霍桑和卡当斯每天都会来。跨年夜那天——也是茉莉安十三岁生日——卡当斯催眠了护士蒂姆和其他病号，把一只毛茸茸的、闹腾的小狗偷偷带了进来。

“天哪！你从没说过你养了狗！”茉莉安紧紧地抱着小狗，小狗则舔着她的脖子，“它叫什么名字？”

“不知道，”卡当斯说，“它不是我的狗。我只是觉得你会喜欢。”

“你……买了一只小狗送给我？”

“借的。”她澄清道。茉莉安恍然大悟。卡当斯翻了个白眼：“行了行了，我会把它送回去的。你这不识好人心的家伙，生日快乐！”

霍桑的礼物是一片闪着虹光的银白色龙鳞。他在地下五层的龙舍里捡到了它，又把它擦得锃亮。

“‘空中火山亮似虹’正在蜕皮，疯狂掉鳞片。拿着吧，‘火山’可是羽量级冠军，要是她能在今年的锦标赛中夺冠，这可就值钱了！”

这一个星期以来，霍桑一直缠着她，让她讲讲赏金之夜那晚发生的事，今天也不例外。茉莉安早就讲腻了，卡当斯也早就听腻了，不过她还是答应了霍桑。

“……然后他的眼睛亮了，闪着绿光，然后他朝我们冲过来，我对海洛薇兹说——”

“等等！”霍桑突然打断她。他正站在床尾，在朱庇特早上送来的一大盒生日糖果里挑挑拣拣。卡当斯没理他们俩，自顾自地读着一本神话小说。“他的眼睛怎么闪绿光呢？你之前没提过啊。”

茉莉安顿了顿，皱起眉头。“唔，没提过。只是刚想起来嘛。我不知道这是不是……”她突然想起了另一件事。“对了，霍桑，你还记得尤维拉·弗莱姆瑟吗？她的眼睛是不是也闪绿光来着？就像……就像有人打开了某种……内部开关？”

“不知道，”霍桑耸耸肩，“我没看见什么闪绿光的眼睛啊。”

卡当斯饶有兴致地抬起头问：“尤维拉·弗莱姆瑟？那是谁啊？”

茉莉安把他们在奇迹枢纽中偶遇奇豹的事讲了一遍，霍桑时不时地打断她，插上几句夸张的描述。

“……她踩着一个男人的肩膀跳了起来……”

“霍桑，别站在床上，这儿是医院。”

“然后抬起头，大声嚎叫……”

“不对，猫科动物才不会嚎叫呢，你指的是——”

“啊——嗷——呜！”

“别嚎啦！”

他们好不容易讲完了那天晚上发生的事，茉莉安正要提起奇豹和奇熊的绿眼睛，卡当斯就抢先说出了她的想法。

“这有点儿奇怪，不是吗？两个奇迹动物毫无理由地攻击起人来，这可不像他们会干的事。”她向前倾着身子，彻底无心看书了，“你是不是觉得这两件事有联系？”

茉莉安若有所思地点了点头。“是呀，这很可能吧。朱庇特说，赏金之夜之后，就没有人再见到过布鲁特斯·布朗了。而那个尤维拉，直到现在都没醒。如果大家都没见到布鲁特斯，那会不会是因为——”

“因为还没发现他的尸体。”卡当斯替她说完了后半句。

“对！啊，不是……不是尸体。尸体听起来也太……我是说，尤维拉并不是死掉了。”茉莉安转向霍桑，“你真的没看见闪绿光的眼睛？”

“唔，说实在的，我当时只顾着担心小戴夫会不会被凶恶的奇豹啃掉半边脸，”霍桑说，“所以没在意别的细节啊。”

“好吧，”茉莉安说着抓了抓小狗的耳朵，“说的也是。”

她在心里打好腹稿，决定下次见到朱庇特时，要把这些告诉他。

到这个星期快结束时，住院的新鲜感完全消磨殆尽了。病号饭不好吃，病床不好睡，茉莉安觉得自己整夜都睡不好。

最烦人的是，她的伤引起了广泛的兴趣。从凡尘学院的普通医生，到奥术学院的神秘疗愈者，人人都想来一探究竟。护士蒂姆以一种坚忍克己的态度安排他们来来去去，暗示这一切只是例行公事——确保魔法部学员的疗伤护身符经过了消毒，调暗灯光好让那些超视者检查茉莉安的精气恢复得怎么样。第三天，又来了一群兴奋的外科学员和工程学员，他们提议移除茉莉安的伤腿，另换一条好腿。护士蒂姆淡定得连眼睛也没眨一下（朱庇特则和气地告诉他们门在那边）。

各种各样匪夷所思的治疗持续了一个星期，护士蒂姆终于宣布，病人可以回家了。

“大家都帮了点儿忙，是吧，用他们自己的方式。”茉莉安准备离开医院，她一边收拾礼物和卡片一边总结道。她检查着快要愈合的伤口，希望能多少留下一点儿疤痕。

“噢，是啊，可能吧。”护士蒂姆翻了翻眼睛，“可能还有个笨蛋，帮你缝合了伤口，帮你每天换两次绷带，帮你保持清洁呢。我的意思是，说不定这笨蛋也有点儿用呢。”

茉莉安把所有的鲜花和巧克力都送给了他。

12

哈本钱斯与尤菲利娜

第三年 · 春

著名作曲家古斯塔夫 · 蒙纳斯汀的新作《魔咒》首演当晚，报刊社会版的常客们挤满了永泊镇歌剧院的大厅。豪门贵胄与名流士绅摩肩接踵，巨星名伶与时尚偶像信步闲庭——正是弗兰克所垂涎的宾客名单。

各种奇迹动物团体组织也纷纷到场，支持本剧的另一位主演——著名男高音、奇鹿西奥博尔德 · 马雷克。用钱达夫人的话来说，这位先生几乎和她一样有名。

“当然，我们当中还有一些演员也是奇迹动物。”在后台，茉莉安一边帮钱达夫人穿着华丽的戏服，一边听她说道。化装间外，一位舞台工作人员提醒他们，还有十五分钟开演。管弦乐队奏响了暖场乐章，旋律悠扬，从门缝里钻了进来。“比如奇狼赫布里底 · 奥腾达尔，你肯定听说过他。上一纪第六年冬天，我们曾一起演过《莉莉白的挽歌》。还有著名的女中音、奇鸭贝弗利·米勒夫人。她真是个天才！可惜她现在不演歌剧了，跑去当歌厅女郎了。是不是很难相信？”

茉莉安正费力地跟一排细小的蛋白石纽扣较劲，根本没仔细听。她有点儿后悔，觉得不该一时冲动自告奋勇地跑来充当钱达夫人的换装员（原来负责换装的姑娘感冒了，病得厉害）。她到了歌剧院的后台才知道，只是第一幕，钱达夫人就需要换十二身衣服。出院后休养了两个星期，她的腿好多了，可偶尔还会疼，而且走起路来有点儿僵硬。她暗自希望换装员这份工作不要到处跑动才好。

“不过西奥博尔德……他确实很了不起！”钱达夫人继续说道。她捧起一盒蜜粉，用大粉扑往脸上扑。“人们大多认为，奇鹿都是男中音，谁也想不到这么一头大角鹿竟然能唱出那么优美的高音——噢！”她照着镜子，惊呼一声，“茉莉安，亲爱的，这只袖子有点儿开线了，你能不能……好了，小心点儿，别太用力拽，万一散开就不好了。哪怕一根线、一片亮片都不能弄错啊。我们一定要为尤维拉……和她美丽的……争光……”

钱达夫人说不下去了。她捂着嘴巴，掩住了啜泣声，眼睛里泛起了泪花。茉莉安惊慌失措地愣住了，不知道该怎么办才好。

奇迹动物界和艺术界各团体纷纷前来，为《魔咒》首演捧场，其实还有另一个原因。在平安夜那可怕的意外发生之前，尤维拉·弗莱姆瑟独力设计制作了这部戏的所有戏服。如今，距离她在雪地中被人发现已经好几个星期了，可报纸上仍然没有提到她在奇迹枢纽中的怪异行为（茉莉安因此觉得朱庇特的推测是对的：奇团试图掩盖事件的真相）。然而，他们又巨细靡遗地报道了这头著名奇豹昏迷前的种种生活细节。比如，时尚界和戏剧界的人士赶在演出季前就排队向她预订戏服，他们不吝溢美之词，称赞这些华服是弗莱姆瑟独特艺术天赋的表现，是贵不可及的、充满智慧的艺术结晶。

茉莉安四处张望，搜寻着能解除尴尬的帮手。她的目光最终落在了一盒纸巾上。仿佛扑向沉船上的救生衣一般，她一把抓住纸巾盒，推到了钱达夫人面前。

“尤维拉……她一定不愿意看到你这么难过。”她对着镜子，露出了小小的、充满同情的微笑。

“对。”钱达夫人啜泣着吸了吸鼻子，抽出一张纸巾，冲着茉莉安笑了笑。“亲爱的，你说得对。今晚是盛大庆典！就像老话说的，演出总会开场，生活仍将继续。”她站起来，转过身，摆出庄重的姿态：“我这样子还行吗？”

茉莉安猛地倒吸一口气——剧中邪恶的尤菲利娜就站在她面前，身裹暗紫色与浓黑色的丝绸长袍，明亮的金属光泽笼罩全身。绸缎似乎浮在她的肌肤之上，飘逸流淌，堆在脚边地板上的裙摆犹如一摊温润油脂。肩上的黑玫瑰披风由银线连缀，其间点缀着繁复的珠饰。优雅的皇冠模仿着鹿角的模样，高高向上扬起——那是尤维拉亲自用玛瑙雕刻而成的。

茉莉安惊叹得说不出话来。

“美极了。”她费力地挤出一句。钱达夫人笑了。

说老实话，茉莉安觉得自己不会对歌剧感兴趣，所以才宁愿充当钱达夫人的临时换装员，也不想和朱庇特、弗兰克、玛莎、芬内斯塔坐在包厢里观剧（对于资助人在永泊镇歌剧院拥有专属包厢这种事，她早已见怪不怪了——包厢门上挂着小牌子，牌子上写着他的名字和介绍）。

杰克因为作业太多，遗憾地拒绝了首演场的邀请，但他私下里提醒过茉莉安：歌剧很没劲，所以最好装出饶有兴致的样子，可千万别睡着了。

然而，当灯光亮起，尤菲利娜唱出第一个音符时，茉莉安就完全入迷了。她躲在后台，觉得那婉转动人的音乐和情感充沛的表演似乎穿过了自己的胸膛，触动了心弦。

在疯狂换装的忙乱间隙，茉莉安一点点地拼凑起了尤菲利娜女王的故事。她的人民怕她又恨她。还是公主的时候，她就被宠坏了，曾在宫廷中无礼地嘲笑一位游吟诗人，说他的音乐和辞藻奇怪难听。游吟诗人因此诅咒她，将在余生被所有人误解。

多年后，已是女王的尤菲利娜因饱受曲解诽谤而心生怨恨，终日沉溺在痛苦之中。直到有一天，她遇见了一位名叫哈本钱斯的旅人（由西奥博尔德扮演），并对他一见钟情。可是，尤菲利娜所有表达爱意的言行都是错置的。她嘴巴里讲出的都是他无法理解的怪异语言；她递给他的玫瑰长着尖刺，扎伤了他的手指，鲜血直流；她将马厩里最好的骏马送给他，但骏马立刻踢中了他的脑袋（骏马是由一位奇马演员扮演的，茉莉安觉得他的特技动作十分逼真）。然而，尽管厄运重重，旅人还是爱上了女王。

钱达夫人饰演的尤菲利娜不论是悲伤还是激动都很打动人，虽然茉莉安根本听不懂她唱出来的每一个字，却还是有好几次不知不觉地淌下了泪水。

"我只是孤独的旅人，"西奥博尔德饰演的哈本钱斯唱道，"疲惫的心迷失在途。在你身上我看到了爱，不惜一切代价也要把它得到。"

"湿漉漉咕噜噜，弗拉里里门扑棱，嘟啦嘟噗噗噗。[1]"钱达夫人饰演的尤菲利娜高唱着回答他。（茉莉安觉得最后一句更像是鱼在水里吐泡泡，根本听不出是什么词。）

这段二重唱结束之后就要中场休息了。观众们如痴如狂，茉莉安甚至能听到前排传来的啜泣声。钱达夫人和西奥博尔德的声音融合在一起，配合着乐队，戏剧性地拔高声调，在高潮中将第一幕推向尾声。

与此同时，帷幕之后，茉莉安所在的后台另一边，突然起了一阵骚乱。她挤在身穿戏服的演员们中间，透过布景，看到那

1　前文已交代，尤菲利娜受了诅咒，说的话没人能听懂，此处是作者杜撰的一段唱词，音译。后同。——译者注

位奇马演员疯了似的嘶鸣着，扬起前蹄，后退几步，重重地踏向地面。六七位后台工作人员正围在左右，试图让他平静下来。

“我愿将生命献给你，我愿将心献给你。”西奥博尔德深情吟唱，完全没有察觉帷幕之后发生了什么。

“呼噜噜默克波克，克丁哩喂哩哩，噗噜噜呼嘣嘣，噗噜噜噜呼噜噜噜。”钱达夫人充满爱意地唱道。（最后一句活像一长串覆盆子。）

那位奇马演员狂乱地摇晃着脑袋，嘶鸣声十分刺耳，但这声音被交响乐团逐渐推向高潮的乐曲声遮盖住了。茉莉安觉得自己的脉搏加快了。一些演员聚在侧台，焦虑地窃窃私语。

“维克多这是在干什么？”她身后有人轻声说道，“他是想退回去吗？”

“这一幕里没有他的事儿啊！”

“这就是起用奇马的后果，”饰演尤菲利娜侍卫的演员不满地说，“太不专业了。他那个角色我也能演。”

扮演游吟诗人的演员不屑地哼了一声：“得有蹄子才能演那个角色，别傻了，史蒂芬——噢！怎么回事啊！他到底犯了什么病！”

事发突然，所有人都措手不及。茉莉安无声而惊恐地看着奇马狂奔上舞台，冲破布景，撞上了钱达夫人。

尤菲利娜的玛瑙王冠掉了下来，钱达夫人重重地摔倒在地板上。一时之间所有人都有些困惑，闹不清这一幕是不是演出中本来该有的，直到乐队的演奏戛然而止，大家才反应过来。西奥博尔德冲着他叫道："维克多！你在干什么！"可奇马疯了似的在舞台上兜着圈子狂奔。钱达夫人一动不动地倒在那儿，不省人事。

茉莉安觉得自己的心脏就要从嗓子眼儿跳出来了，但她强迫自己冷静下来，攥紧拳头，开始召唤奇迹能。这一次，她绝不能像平安夜在奇迹枢纽中那样，和霍桑、小戴夫呆立原地，彻底吓傻；也绝不能像赏金之夜那次，慢吞吞地当断不断，最后不得不落荒而逃。这一次，她绝不能愣着发呆，因为震惊和害怕，就连自己所掌握的那一点点小技巧都使不出来。现在可不是担心遭人侧目的时候。

"破晓期之子，快乐又温婉……"

奇迹能立刻向她涌来，速度之快前所未有。它们汇拢、积聚，积聚，积聚……像她越发惊恐的情绪一样，越发翻腾奔涌。她抓住帷幕，好让自己站稳。此刻，她就像孤立于奇迹能的海洋之中，一波又一波的能量正朝着她扑来。

"维克多，停下！快停下！"舞台监督冲上了台，张开双臂想拦住他。维克多发出一声骇人、刺耳的嘶鸣。

茉莉安的身体猛地一晃："阑夜期之子……不！"

奇马用两条后腿站立着，扬起的前蹄正悬在钱达夫人的头顶上，眼看就要狠狠地踏下去了。

茉莉安想瞄准维克多，喷出一团小而猛的火焰——只要能够吓住他就行，哪怕只有片刻工夫，只要有人能趁机将钱达夫人救走就行。

但实际做起来和想象的不一样。她确实喷出了一团小而猛的火焰，也确实吓住了维克多，但火焰却没有停留在半空，而是呼的一声，烧着了她攥着的帷幕。火势迅速蔓延，就像某种有生命的、带着满腔仇恨的东西。剧院里惊叫连连，先是后台乱成一团，紧接着观众们也回过神来，发觉这并不是演出的一部分。

千钧一发之际，维克多从钱达夫人身边掉转方向，似乎突然恶意横生，毫不犹豫地直奔火焰而去。

帷幕像一道火墙似的轰然坠落，拽倒了连接着的吊索，发出轰然巨响。这巨响激得奇马越发疯狂，越发愤怒——不只是愤怒，更是野蛮。他的身体里似乎充满了一种自己无法控制的暴戾能量。虽然茉莉安自己也胆战心惊，但她仍然辨认出了对方的恐惧。维克多横冲直撞，仿佛有什么东西想从他的身体里冲出来。茉莉安看见他眼睛翻白，显然对即将发生在自己身上的事惊恐万状。

这时——那一幕再次出现了——奇马的眼底闪过一道绿莹莹的光。像尤维拉。像布鲁特斯。茉莉安顾不上思考，冲出后台，跟上了维克多。

奇马跃下舞台，就像一匹中了邪的参展赛马。而已经惊叫着冲向出口躲避火焰的观众们，则拼命地挤向通道两侧，想为全速疾驰的奇马让开一条路。出口的大门是关着的，可维克多犹如

一辆货运列车，径直撞了出去，留下尖叫连连和一地碎木。

一秒钟后，惊魂未定的观众们就又紧张起来了——一团巨大的灰色绒球从距离舞台最近的包厢里弹了出来，轻盈敏捷地踏过一排排座椅。芬内斯塔落在通道上之后，片刻也没有耽搁，四脚生风，掠过支离破碎的木门，冲出歌剧院，去追维克多了。

朱庇特翻过包厢栏杆，落在舞台上（和芬内斯塔比起来笨拙多了，不过好歹没有摔断胳膊），一边冲向钱达夫人，一边大声给剧院工作人员下达指令。

“快灭火——还有灭火器吗？多拿几个来！”他指了指舞台监督，“你！叫救护车。把所有人疏散出剧场，留在大厅里，一个也别放走！条子——我是说，警察——需要目击者证词。钱达，别，别动——你就躺着，会没事的，啊。”

钱达夫人微微动了动，含糊地咕哝了几句，抬起纤细的手捂着头。朱庇特跪下来，一边脱下天鹅绒外套叠成枕头，塞在钱达夫人脑袋底下垫着，一边抬起头，看着茉莉安。

“你还好吧，小茉？”他问。

茉莉安看了看朱庇特和钱达夫人，又看了看舞台上烧烂的木质布景、灭火器的白色泡沫，以及仍在闷烧冒烟的地方。

她点点头，但心里知道，自己一点儿也不好。这里的一切都不可能“还好”。

13

“奇马受惊，大闹永泊镇歌剧院！”

“出色。真是超凡出色啊。”

钱达夫人躺在长椅上，身边围着靠垫，堆着毯子，摊着报纸，金色的烟雾缥缈缭绕。她本来应该待在自己的房间里——医生说，至少需要卧床三天——可她才躺到中午就厌烦了，硬要挪到吸烟室来，占领了长椅，优哉游哉像坐在轿子上的女王。丢卡利翁大饭店里有的是愿意为她效劳的员工，为了争得这一荣誉，一位年轻的园丁和副厨师长还差点儿大打出手。

“什么出色？”茉莉安问道。她已经是第五次起身帮钱达夫人拍松靠垫了。“你的采访吗？”

“采访？”女高音气呼呼的。尽管她的手腕骨折了，半个脑袋上都缠着绷带，她却仍然穿着前一晚的“尤菲利娜”戏服，仍然风姿绰约，优雅迷人。“采访？什么采访？这上面连一篇关于

《魔咒》的采访都没有。《永泊镇前哨报》没有，《晨报》没有，《窥镜报》也没有。”她指着永泊镇最为臭名昭著的小报的头版。

茉莉安皱着眉头，仔细读着上面的标题：“他们拼错了——”

“对，他们还以为自己很幽默呢！”钱达夫人哼了一声，气愤地把这份无礼的小报扔到一边，“全都是关于奇马的，还有他的……反正就是那些事。没有一句是关于我的表演的，也没提到西奥博尔德！甚至连尤维拉设计的演出服都没提！”

茉莉安拿起那份报纸读着，眉头越皱越紧。

奇马受惊，大闹永泊镇歌剧院！

昨晚，在古斯塔夫·蒙纳斯汀新作《魔咒》首演中，著名女高音钱达·卡莉夫人遭到一位毫无缘由突然发疯的奇马攻击而受伤。现场目击者表示，演出团队中的这位奇马维克多·奥德肖——在剧中扮演“骏马”——在第一幕接近尾声时突然发飙，残忍踩踏女主角，其所作所为实在令人惊恐。

不少人猜测，看似无端的攻击背后必有隐藏的目的。

“维克多嘛，他很上进，”群演史蒂芬·罗林斯-亨廷顿说，“很有野心，你懂……咱们只是随便聊聊啊……只要能往上爬，任何事他都乐意做。

老实说，谁也不知道，他是怎么弄到‘骏马’这个角色的——很多人都说，这角色就像为我量身打造的一样，而且我确实有更丰富的剧场经验。可结果呢？事实到底怎么样，我可真想知道。”

茉莉安放下报纸，抬起头问：“这么说，警察怀疑这是早有安排的？他们觉得奇马——维克多——是故意攻击你的？”

“亲爱的，警察可没这么想。”钱达夫人说，“这篇文章里没有一个字提到警察的想法，字里行间都是《窥镜报》对读者的引导。我今天早上联系过他们，想谈谈我对这次事件的看法，当然，他们一点儿兴趣也没有。《窥镜报》出名的地方，从来就不是高质量的调查新闻，而是他们一抓到机会就抹黑奇迹动物。可怜的维克多，真惨。”

“他们为什么讨厌奇迹动物？”茉莉安一边问，一边又把那篇报道扫了一遍，“圣诞节的时候朱庇特也这么说。当时，我跟他讲了尤维拉·弗莱姆瑟在奇迹枢纽的事，他说，‘小报就喜欢报道一些奇迹动物行为不端的事’。”

钱达夫人长叹一声，皱着脸调整了一下头上的绷带：“亲爱的，你应该比别人更理解这一点啊。人们总是憎恨他们害怕的东西，而他们最最害怕的，正是自己不了解的东西。奇迹动物仍然有些许神秘之处，所以有些人便将他们视作威胁，尤其是上了年纪的人——当然，并不是全部。”

“为什么？”

“因为，对于咱们这些年轻人来说，”（茉莉安听到这话忍不住扬起了眉毛：钱达夫人至少比她大二十岁。）“奇迹动物是日常生活的一部分。我们很容易就会忘记，奇迹动物的合法权利其实是个新事物——就在八九纪以前，把奇迹动物当作宠物来养，都还是合法的呢。”

这是茉莉安以前不知道的。“当作宠物。你的意思是，就像……就像普通动物？就像奇状动物？戴着项圈，拴着链子……还有矫揉造作的名字？”只是说出来她都觉得有点儿恶心。

“嗯，是的，有时候还会充当巫师们的小精灵。”钱达夫人神色严峻，“所幸的是，我们生活的时代更公平，更开明。但总有人怀念那些黑暗的过去。”她嫌恶地瞥了一眼《窥镜报》。“茉莉安，亲爱的，我觉得有点儿冷。把这些没用的东西丢到壁炉里去吧。”

茉莉安起床的时候，朱庇特和芬内斯塔都不在大饭店，直到中午杰克从寄宿学校回来时，他俩还是没有出现。

杰克本来应该下个周末才回来，但他说他在《窥镜报》上看到了那篇文章，所以想来看看钱达夫人是不是平安无恙。伤病中的女高音亲切地称他为“最体贴、最可爱的男孩儿”，并赐予他“给茶壶添水”这一荣幸。

下午，杰克对茉莉安说：“昨晚的那件事，好像有些疑点。”他们无所事事地待在大堂，一边玩儿纸牌，一边等朱庇特回来。

茉莉安想好了，等她的资助人一跨进大门，她就要冲上去问个清楚。“有的报纸上说，剧场里发生了火灾，奇马见了火受惊，所以才会撞倒钱达夫人。但有的报纸上又说，是有人蓄意放火。哎，你……你有9吗？”

“钓鱼成功。”茉莉安咬着嘴角说道。杰克唉声叹气地又收走一张牌，手里已经攥得满满的了。“这两件事都有，不过不是他们说的这个顺序。你有Q吗？”

杰克撇撇嘴，把纸牌塞给她：“那……是你吗？那个火？”

“对。”

杰克好像不确定自己该不该笑似的：“你真的……你真的想放火烧掉永泊镇歌剧院？还是……”

茉莉安翻了个白眼：“别犯傻。”

“哎呀，我又不知道。”他往前凑了凑，压低声音问，“说说，到底是怎么回事？”

茉莉安把维克多突然发狂的前后经过讲了一遍。

“我当时也不知道该怎么办，”她说，“所以就……说不清，我只是想吓吓他什么的。”

“唔，因为你很吓人，没错。”杰克玩笑道。

“闭嘴。”

杰克坏笑：“有7吗？”

“钓鱼成功。我本来只想喷出一小团火焰的，可是……哎呀，你懂的，火嘛……”

“蔓延开来了，我懂，”杰克说，“确实是你擅长的。”

“闭嘴。有 A 吗？”

“钓鱼成功。反正最后目的达到了，”他说，“把他赶走了，不是吗？”

茉莉安一哆嗦。她想起当时维克多看到火苗时有多困惑、多愤怒，以至于直接撞向剧场大门，扬长而去。“可能是吧。”她说。

“这个……应该不是巧合吧？”杰克向后靠在椅背上，阴郁地说道，“尤维拉·弗莱姆瑟，布鲁特斯·布朗，现在又多了个维克多。这不可能是巧合。肯定有问题。”

茉莉安当然赞同。她觉得朱庇特肯定也想到了这一点，所以已经开始着手调查真相了。

不久之后，小芬回到了丢卡利翁大饭店。朱庇特没跟她一起回来，她也说不清朱庇特去哪儿了。华姿猫慢悠悠地走进大堂，茉莉安和杰克立刻冲了过去，一路小跑地跟着她上了螺旋楼梯。

“你这一整天都跑哪儿去啦？”杰克问道。

“努雅商业大道，”芬内斯塔说，“是个好地方，不吵。早知如此我就不回来了。”

“你冲出歌剧院之后怎么样了呢？”茉莉安问，“追上他了？还是没有？”

“算是吧。钱达夫人在哪儿？”

“吸烟室。”杰克跳到小芬的另一边，“你这个‘算是吧’，到底是什么意思啊？”

“你们俩非得围着我转悠吗？”小芬翻了个白眼，咕哝道，“意思是，我不确定有没有追上他。我追着那个疯子跑了好几个街区，为了躲开他弄出的乱子——交通事故两起，撞烂店铺三家——我的腿都要断了！我最后把他逼进了死胡同，可他竟然还想撞穿围墙逃走。”

茉莉安不由得一哆嗦。她亲眼见过布鲁特斯的模样。那是一种无意识的狂躁和愤怒，仿佛只想摧毁面前的一切——包括她。

“他自己也伤得不轻，”他们走进吸烟室的时候，小芬继续说道，“浑身都是血。可他硬是爬起来，继续撞墙，撞个没完。”

“啊？”杰克说，“为什么他……”

“因为他已经疯了。”一个声音幽幽响起。弗兰克从长椅上的靠垫堆里探出了脑袋。钱达夫人则躺在贵妃椅上睡着了。“当时我们都在剧场里，人人都看得出来啊。他完全失去意识，精神错乱了。”

小芬抓了抓壁炉前的地毯。“他撞墙撞了四次。好像他身体里有什么东西，而那个东西想要毁灭一切。然后他转过身来看着我，再然后就……放弃了。直接躺在地上了。”

“如果一只华姿猫把我逼进黑暗小巷的角落里，我也会投降躺倒的。”杰克说。

“不不不，不是那么回事。”小芬像肉桂卷似的蜷着身子，若有所思地说，“他并不是怕我。要我说，直到那一刻，他也没意识到我是在追他，只是无意识地横冲直撞罢了。我觉得他本来也要朝我撞过来的，不过……他跑不动了。一丝力气都不剩啦。他的眼睛里没有一点儿活气，眨也不眨一下，几乎连气都不喘了。”

“和尤维拉·弗莱姆瑟一样。”茉莉安说，“人们发现她时，她半个身子都埋在积雪里……那后来呢，小芬？”

华姿猫打了个大大的哈欠，露出满口锋利的尖牙，懒洋洋地耸了耸肩：“潜行特勤来了，把他带走了。”

“潜行特勤？”茉莉安一愣，“那他们是怎么说的？把他带到哪儿去了？”

“不知道啊，”小芬说，“潜行特勤可不喜欢闲逛荡瞎聊天。”

茉莉安和杰克彼此看了一眼：如果连高度机密、精英云集的奇团调查部门都出手干预，那就说明，事情确实不简单。

茉莉安紧皱眉头，深深吸了一口香甜的牛奶蜂蜜烟雾。小芬的讲述让她想到了赏金之夜。她仿佛突然回到了那一刻。横冲直撞的奇熊。窒息幽闭的恐怖随着水浪，一波接着一波。腿上钻心的剧痛。还有……莹莹闪烁的绿光。

“小芬，你看见他的眼睛了吗？”她问，“有没有什么奇怪的地方？”

“眼睛？”小芬不解，“没什么特别的吧。”

“真的？”茉莉安追问道，“你确定？他的眼睛有没有变成绿色……开始闪光……然后……”

“行了行了。”华姿猫又打了个哈欠，在毯子上瘫倒，“烦人的问题问完了吗？我要补上今天日程表里的七次瞌睡了。”

14

空心痘疹

就算朱庇特夜里回来过，茉莉安也没跟他打照面。她再次见到他时，只能远远地望一眼——第二天早上，奇迹社团将所有成员召集到议事厅，称有重要通知宣布。

果然不是什么好消息。

“数个星期以来，”奎恩长老站在讲台上，对大家说，“永泊镇发生了一系列互有关联的事件，我们已对其进行了秘密调查。现在可以证实，这些事件确实不是巧合。”

“你们可能已经略有耳闻——比如，备受关注的设计师尤维拉·弗莱姆瑟的神秘病症。有些人也注意到，最近有一名低年级学员遭到攻击，相关流言大有愈演愈烈之势。”奎恩长老说到这儿时，919 团齐刷刷地看向了茉莉安，但茉莉安却目视前方，不为所动。“在这里，我只能很遗憾地告诉大家，部分传闻属实：

攻击者是奇团成员，是一名教师。”

大厅里一下子静了下来。大家好像被这可怕的消息吓到了，一时间鸦雀无声。随后，窃窃私语变成了争相议论，人人都表达着不满和沮丧，猜测着肇事者姓甚名谁。

“而第三起事件，”奎恩长老提高声调，压过众人的窸窸窣窣，“就发生在上个周末。你们可能也看过新闻报道了：又有一位奇团成员在永泊镇歌剧院遭到无端攻击。所幸的是，几起事件中的受害者伤势轻微，已然痊愈。”

茉莉安心里愤愤，扯得腿上那熊爪抓出的伤疤阵阵刺痛。

“轻微，好吧，”她低声咕哝道，“真轻微。哼。”

霍桑冲着她咧嘴一笑：“好歹腿还在啊。”

奎恩长老继续说：“然而，我们调查的并非仅此而已。事实上，到目前为止，类似事件已经多达十二起，且这个数字还在不断攀升。这些攻击对永泊镇居民构成了可怕的威胁，因此我们正在筹备组建专案组，以尽快彻底解决这一问题。专案组由朱庇特·诺斯队长和艾里奥斯·萨加长老牵头负责。下面就请诺斯队长为我们介绍最新情况。”

卡当斯凑过来，问茉莉安：“你知道他也掺和这事儿了吗？”

“不知道，”茉莉安说，“不过要是你仔细看，就能看出我脸上一点儿惊讶的表情都没有。”

“他这是同时兼职四百份工作吧？”霍桑说。

茉莉安叹了口气：“唉……这就是他需要的啊。也是另一种责任吧。”

这次任务也会把他从丢卡利翁大饭店里拉走吗？也会让他天天不回家吗……茉莉安暗自思忖。

朱庇特按下开关，在讲台上方投下一幅巨大的永泊镇三维地图，映得整个议事厅亮堂堂的。地图上散落着一些红色的亮点。茉莉安立刻发现，其中一个红点就在环镇大道西侧，那正是永泊镇歌剧院的位置。滕特菲尔德车站那里也有一个——布鲁特斯就是在那儿出现，追赶她和海洛薇兹的。茉莉安数了数，地图上不规则散落的红点，一共有九个。

已经发生过这么多起袭击事件了，他们竟然把消息捂得严严实实，到底是怎么办到的？

“想必大家已有共识：这些事件极为不同寻常，令人深深担忧，特别是，其中一名攻击者是我们奇团的一员。”朱庇特说道，“首先，我要明确的是，这些并不是有组织的袭击，或模仿犯罪。早在调查初期，潜行特勤就已经排除了这两种可能。昨天，我们的常驻奇状动物学家瓦莱丽·布兰布尔教授和奇团教学医院的马尔科姆·露维奇教授证实了他们一段时间以来的猜测。

“攻击者都感染了一种未知的、高致病性的病毒。这种病毒会影响大脑的正常功能，导致不稳定的暴力行为——在此我必须强调，这些行为是完全无意识的。”

“相信大家都已经发觉，”朱庇特神色严峻地继续说道，“这些攻击者有着共同之处，那就是，他们都是奇迹动物。”

“那为什么要请布兰布尔教授来呢？”后排有人大声提问，“她是奇状动物学家啊。奇迹动物可不是奇状动物。这一点我们不是说过无数遍了吗？”

大厅里响起零星的掌声和叫好声。茉莉安转头去看，发现提问者自己就是辅奇迹动物——可能是某种蜥蜴吧，她想，他的皮肤有些发绿，黄色的眼睛是凸出来的。

布兰布尔教授站了起来，想平息这一波混乱。“很抱歉引起了不好的联想，格拉维先生，”她一只手按在胸前说道，“你说得很对，我并不是奇迹动物学家。但有很多疾病是由奇状动物传染给奇迹动物的，这次的情况很可能也是如此。有些疾病也会出现类似症状，比如狐獴晕厥综合征、飞马流感、狐狸痘疹，等等。我们不能讳疾——”

“可这些事件根本不像是狐獴晕厥综合征引起的。”靠中间的位置有人小声质疑。茉莉安不知道是谁在讲话，后来，那位浑身毛茸茸、戴着圆顶礼帽的小个子先生爬到邻座头上，才叫她看清楚。“啊，不好意思，请别介意！噢，各位好，”这位先生清清喉咙，先向布兰布尔教授和其他人恭敬致意，然后才说道，“我的婶婶露西尔就是罹患狐獴晕厥综合征去世的。这种病非常可怕。她每一次晕厥，我们都不知道她还能不能再醒过来。直到有一天，她就那样永远地去了……我非常思念她。请你不要将她与某些恶毒的、到处攻击他人的奇状动物相提并论！”

“听听！是不是！”后排的那位奇蜥嚷嚷起来。大厅里又响起了掌声和叫好声。

“布兰布尔教授并没有你以为的那种意思，”朱庇特高声说道，“我再说得直白些：现在我们一无所知，情况并不明朗，所以无法排除任何可能性。我们决心彻查此事的来龙去脉，任何信息都不能放过。”

“我们尚不清楚病毒是如何传播的，可疫情却正在蔓延，”他指着地图，不带停顿地继续说了下去，“蔓延得很快。这些是目前为止我们所掌握的病毒造成伤亡的地点。在红点所示的位置，感染者体内的病毒达到峰值，造成昏迷后，便从机体抽离。感染过程中的这一阶段，我们称之为重症期。就已发病的奇迹动物而言，重症期在几分钟到一小时不等。其特征是暴力的、疯狂的、不受控制的攻击行为，攻击对象则包括他人、公共财物、感染者自己。歇斯底里式的重症期，以及随后的昏迷，使这种疾病相当危险——不仅是被感染的奇迹动物，其周遭的人、事、物亦然。”

“打断一下，诺斯队长。”欢悦小姐举起手问道，“你刚才的用词是‘伤亡’，请问这些事件已经造成人员死亡了吗？”

“啊，不……没有，没有死亡。‘伤亡’这个词或许不够确切。”朱庇特揉了揉左侧太阳穴，似乎很是疲惫。他犹豫了片刻，望向高级长老院的长老们，像是在寻求准许——准许披露某些实情。茉莉安看见奎恩长老默默地点了点头。“感染病毒的奇迹动物——我们所熟悉的几位——都已经由皇家光翼奇迹动物医院迁出，送往奇团教学医院，安置在一间严加看管的病房里，接受隔离治疗和观察。好消息是，他们体内的病毒似乎已经消失了；坏消息是，他们目前的状态……没有更合适的词来形容，只能说——空洞。”

议事厅里一片沉默，静得像稠腻的浓汤。朱庇特的话悬在半空，其中暗含的沉甸甸的后果，随时可能砸在任何一个人的头上。

“当病毒——为了便于描述，我们姑且称之为‘空心痘疹’——当空心痘疹病毒离开感染者机体时，”他继续说，“似乎同时带走了一切。这一点，其他人可能看得不那么清晰，毕竟不是人人都像我一样，是个见证者。但对我来说，这是显而易见的。感染者并不只是昏迷，而是……被掏空了。没有自我意识，没有大脑活动。没有任何反应。我们希望这种症状只是暂时的，但目前，这一点尚不能确定。”

茉莉安想起了前一天小芬对维克多的描述。“他的眼睛里没有一点儿活气，”她是这么说的，“眨也不眨一下，几乎连气都不喘了。”

大厅里响起窃窃私语，人们开始四处张望。奇迹社团里的奇迹动物比人类少得多，几位前来开会的代表一下子变得显眼起来。茉莉安盯着奇牛萨加长老观察了好一会儿，但他脸上的神情不可捉摸，什么也看不出来。

“想必诸位有许多疑问，请提出来吧。”朱庇特话音一落，观众席里就竖起了一只只胳膊。

“人类的情况怎么样？”有人叫道，“我们也会感染这种病毒吗？”

“我们应该如何防护以避免感染呢？”刚才那位奇獴先生站在邻座的头上发问。

“如何制止发病者的袭击？”

“你们需要志愿者吗，诺斯队长？”

“有治疗方法吗？”

朱庇特摊开双手：“请少安毋躁，一个一个来。首先，空心痘疹似乎不会——或者不能——入侵人类的身体。我们暂时认为它只能在奇迹动物体内肆虐。当然，我必须再次强调，目前所有可能性都不能排除。”

“因为你们什么都查不出来，”在919团后面，相隔几排的地方，巴兹·查尔顿阴阳怪气地说，“啥都不知道还说个屁。”

卡当斯压低声音，嫌弃地咕哝道：“老天爷，他怎么就不能把嘴闭上呢？”

茉莉安哼了一声。她很庆幸卡当斯与自己和朱庇特一样，厌恶这个资助人，因为巴兹·查尔顿确实惹人讨厌，活该遭人白眼。

但另一方面，她也为自己的朋友感到惋惜。茉莉安一向为拥有朱庇特这样出类拔萃、受人爱戴的资助人而自豪。可卡当斯却只能跟那个讨厌的巴兹捆在一起。巴兹根本不在乎她，也不在乎自己挑出来的一批又一批候选人。卡当斯值得更好的资助人。

“没错，”朱庇特冷冷地盯着巴兹，“这次病毒危机是前所未有的，所有人都是第一次面对。查尔顿先生，如果你认为自己的信息更有价值，那么请吧，请上台来，跟我们分享。”

“如果这个病毒只针对奇迹动物，”巴兹拒绝上台，却继续嚷嚷，“那只要把所有奇迹动物都关起来不就得了。简单干脆。他们可以互相攻击，跟我们无关啊。”

砰！议事厅里突然一声巨响，吓得所有人都静了下来。只见萨加长老一蹄子踏在讲台上，脸上阴云密布，怒视着巴兹。

“怎么了？”巴兹装出无辜的模样，“我也没说什么不好的啊，萨加长老，我的意思是……你明白的嘛……”

他的声音越来越小。萨加长老一言不发，一直瞪着他，直到他老老实实缩回座位才算完。

“至于奎恩长老刚才提到的专案组，”朱庇特继续说道，“潜行特勤里弗斯探长将与我和萨加长老一起，尽力遏制类似袭击事件，降低它们的影响——希望我们能多了解一些，好在险情发生之前就预防起来。布兰布尔教授和露维奇教授正在调查空心痘疹的症状和病毒源头。霍利迪·吴负责引导公众的注意力。”

“她的活儿干得不怎么样，不是吗？”巴兹再次发难，“这周末的报纸，我们可全都看见啦。”

朱庇特张了张嘴，正要说些什么，却被霍利迪·吴抢了先——她不需要别人替自己发言。

“那么，你能跟我说说其他几起袭击的情况吗，巴兹？”她淡然说道，甚至不屑于站起来或转身去看，“你什么也说不出来，正如你脑袋里什么也没有。因为我把那些压下去了。如何？我自会做好自己的工作，也请你别到处指指点点……想必你是日理万机脚不沾地才会如此难闻、难看、难听吧。”

议事厅里一阵哄笑，冲淡了紧张的气氛。茉莉安注意到，就连萨加长老也忍不住笑了几声。

“诺斯队长，请问感染病毒的奇迹动物怎么样了？”笑声散去后，一个熟悉的声音淡然发问。茉莉安回过头，看见索菲亚正举着一只前爪站在座位上。她心里咯噔一下，涌过一阵内疚：他们怎么还能笑得出来呢？“你刚才提到的那些陷入空洞的病患，他们接下来会怎么样？”

朱庇特深吸了一口气才回答她。

“我们还不清楚，”他承认道，“但他们现在在教学医院，由专人照顾，很安全。我向你保证，我们一定会尽力寻找治疗方法。”

15

空轴花园

当天下午，茉莉安来到地下九层，和索菲亚一起翻阅《幽灵时段之书》，查找路克给她安排的课程表。这是茉莉安第一次见到空无一人的书房——她猜想学术小组的那些成员也各有各的工作，各有各的课程——没有茶匙在杯子里搅动的声音，也没有小心翼翼清喉咙的声音，一片静默的空屋让她觉得有些惊讶。

没有什么话题可供讨论，这种沉默就像大象似的，越来越重。终于，茉莉安忍不住了。

“你的心法是什么呀？”

其实这并不是她最想问的问题。她想问的是：“你担心吗，索菲亚？你害怕感染空心痘疹吗？你觉得他们能找到治疗方法吗？”可是索菲亚一直没提起早上开会的事，茉莉安虽然很紧张，却害怕惹她不悦。问了又有什么意义呢？索菲亚一定是担心的。人人都很担心啊。

“我吗？我的心法是起死回生。”索菲亚毫不在意地用爪子划过书页，仿佛自己说的只是再寻常不过的东西，就像随随便便地告诉别人：“我吗？我擅长的是做奶酪三明治。”

茉莉安愣住了，她眨眨眼睛：“你……呃……你是说，你能起死回……”

索菲亚注意到了对方的急切，抬头看看，抱歉地一笑：“噢——啊，别，别这么激动。并没有听起来那么厉害，对人类和奇迹动物都不起作用，大块头的奇状动物也不行。哦，小块头的也……不大管用。”

“那对什么起作用？”

索菲亚挺认真地想了想。“唔……昆虫？某些鼠类？大部分植物——个头儿得小一些，要是死掉很久就不行了。简而言之，如果你急需让虫子、老鼠和灌木起死回生，那么找我就对了。”

“噢——”茉莉安极力掩饰着失望和挫败感，“噢，那也很棒啊，很酷！”

“一点儿也不酷。”索菲亚轻声笑笑，“所有人听我说清楚之后都是这副表情——对，就是这样，礼貌而沮丧。别担心，我不会生气的。”

茉莉安尴尬极了：“不不不，就是很酷！真的！我从来都养不好植物，更不用说让它们起死回生了！”

“啊，谢谢，你真体贴。”索菲亚神色稍霁，“我觉得总会派上用场的——以某种不起眼但很特别的方式。”

“那科纳尔的心法是什么？”

“嗯，科纳尔的心法当真不错。他是个灵媒，可以跟死人交谈。”索菲亚顿了顿，四下看看，才继续小声说道，“唔，他能够和死人交谈，却不再那么做了。”

“为什么？”

“据说是他有一次跟那些人联系时发生了不好的事。”

“不好的事？”茉莉安往前凑了凑，用胳膊肘支着身子问，“比如说？”

“我从来没问过他，”索菲亚向后看了一眼，好像要再次确认书房里只有她们俩，“不过……那件事一定把他吓坏了，因为这么多年他一直都不肯使用心法。我其实也不太想刨根究底。要知道，科纳尔可没那么容易吓着。”她拍拍书页：“找到了，是这个。空轴花园，在‘范·奥普霍芬’室，你肯定会喜欢。”

地点	参与者及事项	日期与时间
傲立楼，地下九层 真法学院 “范·奥普霍芬”室	布里兰斯·阿马德奥、艾洛蒂·鲍尔，欧文·宾克斯 由阿马德奥为鲍尔、宾克斯教授“罗织”初级课程	令终纪， 第二年春，第二个星期三 13:00—15:47 （年）

她们走了一会儿才来到“范·奥普霍芬”室（以奇迹锻工艾米琳·范·奥普霍芬的名字命名）。刚来真法学院的那几天，茉莉安真是被这里古怪的布局吓着了。不过她很快就摸出了各个房间的排布规律，找路也就不是什么难事了。

路克曾告诉她，真法学院的主廊两边，排列着十间带有拱形门楣的房间，其中前九间是大空屋，各以一位初代奇迹锻工的名字命名，第十间则是学术小组的书房。前九间空屋又各自延伸出一条走廊，通往二级房间，二级房间以二代奇迹锻工的名字命名，进而延伸出第三级走廊和房间……以此类推，就像家族树一样。

有些分支能层层叠叠地铺展出十几个房间，比如，茉莉安去过的最远的地方，就是经由十四级走廊才抵达的“杰米蒂”室，这间屋子以奇迹锻工欧德贝·杰米蒂的名字命名，但这里没有拱廊，只有一道锁起来的木门，就像她第一次来到地下九层时看到的那扇。门上刻着“阈境大厅”几个字，映着石头闪闪发光。走到这儿就到底了。茉莉安试着用自己手指上的印记开门——只是试一试，万一呢——不过还是什么都没有发生。

“你说，有朝一日，这里会不会也有用我的名字命名的房间呢？”茉莉安问。

“据我所知，要享有这样的荣誉，要等奇迹锻工一百岁时……或者……到他们去世时，就可以了。不过总是死亡先到。”索菲亚说。

茉莉安歪着脑袋：“让我们祈祷，一百岁先到。”

“唔，没错，”奇狐赞同道，“啊，现在恐怕得把你自己留在这儿了，我在地下六层还有课。你一个人行吗？”

“当然行啦，之前我也自己参与过幽灵时段。”

索菲亚松了口气：“很好。不过你一定要控制好心态，别急着一下子全都学会，好吗？”

“放心吧。”

从前，地下九层熙熙攘攘、受人敬仰时，“范·奥普霍芬”室一定是这里最大的房间，茉莉安暗自想道。可现在，这里却像坍塌的大教堂似的，萦绕着阴森的气息，巨大的石拱和楼梯摇摇欲坠，半毁的大理石雕像东倒西歪。

她找到了悬在半空的银色光箔，用胳膊肘一掀，就钻进了幽灵时段。果然，她的猜测是对的：曾经的“范·奥普霍芬”室奇异瑰丽，那气势卓然的雕梁画栋如此精致，以至于茉莉安一想到它已然不复存在，就觉得惋惜心疼。

空轴花园。

原来，它并不是一座花园，而是一千座各不相同的花园，或者说，是同一座花园的一千种姿态，一千种想象，来自一千位艺术家的三维呈现。有的花园，天花板上倒悬着树木，结出的果实似金似银，彩虹般的藤蔓穿行其间，就像悠然游走的蛇。有的花园，种着茂密的向日葵，高大的花盘在茉莉安头顶摇晃。还有一座很小的花园，里面长满了红色的毒蘑菇，自有一种诙谐的气质。

这堂课由布里兰斯·阿马德奥教授，这位罗织大师如今是茉莉安最喜欢的老师之一。（这有点儿奇怪，茉莉安想，竟然会喜欢一位未曾谋面的老师，而她不知道我的名字，也不会跟我说话，因为她已经死了几百年……不过，茉莉安一直提醒自己，不要深究，不要胡思乱想。）

“空轴花园已经有七百多年的历史了。”茉莉安赶到的时候，布里兰斯已经开始讲课了。她领着学员们踏上一条小径，小径两旁长着毛茸茸的、奇形怪状的雏菊，雏菊在并不存在的风中摇摆着，引来了一群群嗡嗡嘤嘤的亮粉色大蜜蜂。茉莉安连忙跟了上去，但其实，她很想停下来，好好看看四周的一切。“这里的花草树木和奇状动物永远不死，藤蔓枝丫永远不乱长、不杂生。它完全是手工制作的，由我们这个世界上蛛丝般的虚空交错编织而成。”

“是谁造出来的呢？”一个七八岁的男生问道。

在幽灵时段里见到年纪这么小的学员，茉莉安一时之间有些惊讶。如今，想加入奇迹社团，必须年满十一岁才行。不过索菲亚曾解释过：在过去，如果一位奇迹锻工去世了，奇迹社团就会派出精锐小队，深入整个无名之域，去寻找那个生来注定要接任的孩子。有时要找上几天、几个月，有时一找就是好几年。不过，不管何时何地，那个被选中的孩子总是被家人高高兴兴地送走，让他到傲立楼接受其他奇迹锻工的教养。在世人看来，这是至高无上的荣耀。

茉莉安很想知道，自己要接谁的班，九位初代奇迹锻工中，哪一位是自己的先辈。她问过索菲亚、科纳尔和路克，但叫她失望的是，他们也不知道答案。据科纳尔说，自从出了以斯拉那个叛徒，奇迹社团就不再寻找命定的奇迹锻工了，绵延已久的线索也就断了。

茉莉安忍不住遐想连篇——或许有几分苦涩——如果自己从小就学习真法，那么她现在会是个什么样的奇迹锻工呢？

“我们一起造出来的，”布里兰斯对那个小男孩儿说道，“所有在真法学院接受训练和教育的都有份。你们可以将它看作一张流传数纪、合作绘画的画布。奇迹锻工们在这里锤炼罗织真法，每一个人的每一个失误层层包裹，就像华丽的丝茧一样牢固安全。”她神采奕奕地说：“看这里，看这……或许能称之为……一朵花？”

大家全都笑了起来。茉莉安也笑了。那朵“花”就像大象的耳朵，软趴趴，蔫嗒嗒，像灰色的皮革，看上去质感很硬。如果让一个小孩儿用两脚夹着灰色的蜡笔画一朵花，倒是很可能画出这么个模样。

“如果我说，这其实是爱尔福克·安塔瑞斯的早期作品，你们相信吗？”布里兰斯笑悠悠地问。

茉莉安不知道这个爱尔福克·安塔瑞斯是何方神圣，但显然那些学员都知道。他们惊呼感叹，喜悦之情溢于言表，仿佛得知自己的偶像就在这个房间里。

“当时他才九岁，”布里兰斯冲着另一个年纪大些的男孩儿点点头，“就和你一样大啊，欧文。他这第一次罗织练习，其实也还不错，是不是？”

布里兰斯领着学员们，沿着弯弯曲曲的小径继续往前走。她时而抚摸天鹅绒般的玫瑰花瓣，时而轻轻拂过池塘，唤醒发光的小生物，留下一片亮晶晶的涟漪。孩子们跟着她，大张着嘴巴，忙不迭地四处张望。茉莉安走在后面，觉得自己也已为这美妙的景象折服。

“我们的起点，与踏进这座花园的每一位奇迹锻工一样，”布里兰斯解释道，“你会发现‘做得到’很简单，‘做得好’却很难……至于‘做得完美’，则几乎是不可能的。然而这就是空轴花园存在的意义——试错，失败，练习。所以开始吧。就从召唤奇迹能开始。”

茉莉安按照布里兰斯·阿马德奥的指示去做。她惊喜地发现，那些学员能做到的事，自己也能做到。布里兰斯真是一位好老师，讲得明白，又有耐心，必要的时候还会放慢速度，一遍遍地重复。

“罗织，与想象力的扩展和收缩有关；将思绪收集、编织，用创造力和物理物质塑造我们所在的这个世界，最终将头脑中的景象付诸现实。如果将虚空比作线轴，那么使用罗织这一真法的时候，就相当于抽出丝线，将它们重新编织。这么做可以改变周遭的世界……”（说到这里，她停下来为大家演示，看似漫不经心地晃了晃手腕，远处的一根巨大藤蔓就随之甩动起来。）“也可以重建一个全新的世界。”

茉莉安眯起眼睛，分辨出那些几乎无形的、浅金色的细线——那是奇迹能在工作，它服从命令，前前后后地跳跃着，飞舞着。她突然发现自己不用唱歌也能召唤奇迹能了——奇迹能更密切地关注着她，就像留神等待主人命令的小狗。在持续不断的交流中，她只要哼几个音符，就能感到指尖上聚集的能量。

就像以斯拉·斯考尔一样，她想。这念头让她不安，但伴随其间的，还有一种奇怪的满足。

课程快结束时，所有学员——包括茉莉安在内——都用罗织真法做出了歪七扭八、皱皱巴巴的花。茉莉安本想在自己的那片小花坛里添一朵红玫瑰，结果却做出了一朵难看的绿花，活像棍子上戳着一个药瓶盖。

可不管怎么说，这“棍子上的绿色药瓶盖”是她自己做出来的，茉莉安欣喜万分。这是我做的，她坐在地上，盯着她的花想道。她觉得自己充满了力量、智慧和美感，就像布里兰斯·阿马德奥那样。

幽灵时段就要结束了，她的老师、同学连同空轴花园开始闪动，时隐时现，最终完全消失了。和后退一步跨出光箔相比，茉莉安更愿意看着幽灵时段没入虚空。虽然这样会多花些时间，但世界慢慢变化时自己默然旁观，能让她感受到某种安宁。

当“范·奥普霍芬”室里只剩下茉莉安一个人时，她才突

然发觉自己有些累。不，不只是累，简直是精疲力尽。

她该走了。她得离开这儿，回到书房去。或者……现在几点了？她要不要直接到站台上去等家庭专列？

起来，走了，她在心里念叨着。可她动不了。

她实在太累，身体不能服从大脑的命令。

这感觉让她想起了赏金之夜。当时她逃出诡计巷道，瘫坐在地上，浑身湿透，冷得直哆嗦，腿上流着血，一跳一跳地疼。可那时候，她至少知道自己出了什么问题，知道自己为什么动弹不得：冷，失血，疼。

可这一次不一样。她的身体明明好好的，却像有什么东西正在汩汩流失一般。像是慢慢抽干、耗尽。像是……要死掉了。

我在这儿坐了多久了？她心里想着。她浑身的肌肉又酸又疼，很冷，很饿，好像这辈子都没吃饱过似的。

“太心急了是吧？”

茉莉安慢慢地抬起头来，看见路克站在自己面前。

“索菲亚说她提醒过你了。下次最好还是注意点儿。”

路克似乎并不打算听到什么回答。茉莉安松了口气——她累得一句话也说不出来了。助教往她手里塞了一碗鸡汤，笨拙地把毯子披在她肩上，然后也坐了下来。

她们安安静静地坐着，不讲话也不尴尬，只能听见勺子碰着碗的声音。路克凝望着空荡荡的屋子，陷入了自己的思绪。又过了挺长的一段时间，一碗汤都快喝完了，茉莉安总算恢复了一点儿体力，能说话了。

“她们俩呢？去哪儿了？”她问。

“嗯？”路克猛然回过神来，目色凌厉地瞪着茉莉安，“谁？什么去哪儿？”

“你明知道的……”茉莉安咕哝道。屋子里没有别人，所以助教的所有注意力都在她身上，就像站在追光灯底下似的，让她颇有些不自在。“另外两位。迪尔伯恩和穆加特罗伊德。”她慌乱地又舀了一勺汤送进嘴里，生怕自己问了什么不该问的。

不过路克好像没有生气。“噢……都在这里啊。”她含糊其词地说。

茉莉安把汤咽了下去：“同时都在？”

“同时都在。只是……有的现身更频繁些。我不常出现。”

“为什么？”

“因为没有必要啊。至少目前不用总是出现。”

茉莉安顿了顿，犹豫着要不要再问一个问题。她思来想去，觉得如果真有所谓“合适的时机”，那应该就是现在。“这个身体里，一共有几个人呢？”

路克的嘴角微微一动：“从没有谁这样问过我们。”

“比三个还多？”茉莉安追问。

“嗯……我猜是吧。”

“你怎么可能不知道呢？”

路克向一侧歪着脑袋，过了会儿又歪向另一侧，似乎在深沉思考。“你见过套娃吗，奇迹锻工？打开一个，里面套着一个，再打开这一个，里面又套着第三个……”路克的声音低了下去。茉莉安点点头。“其中一个套娃，怎么可能知道一共有多少层呢？怎么可能知道最里面的一层究竟藏得多深呢？”

说不上为什么，茉莉安听了这话只觉得鸡皮疙瘩都冒出来了。

“她不知道。当然不会知道。”路克继续说，“她无法确定。但有的时候，如果她全神贯注地去感知，就能察觉到她们……动来动去。”她微微摇头：“谁说得清呢？也许我们就永远这样共生下去了。”

茉莉安认真地思考了一会儿。不过她脑海里描摹的不是套娃，而是地下九层如树形结构排布的一间间空屋。如果想到最里面的那间去，就必须先走过前面的所有空屋。没有捷径可循。

“这么说，迪尔伯恩不认识你？”

路克皱起眉头：“不知道。不过能确定的是，我和她从未相遇。哦，‘相遇’是指变身，比如说，我常会‘遇见’穆加特罗伊德。至于迪尔伯恩，确实一直没机会遇见。”她瞥了茉莉安一眼：“听说她名声不佳？”

茉莉安一口汤差点儿喷出来：“呃……她……不太好。”

“唔，人言可畏啊。”

在919团的家庭专列上，大家的话题只有一个——空心痘疹。他们聊着各自听到的传言，争论着彼此的看法。整个奇团都在猜测，到底是谁被隔离在教学医院里，病情有多么凶险，以及是否有其他像尤维拉·弗莱姆瑟那样知名的奇迹动物感染。

“我听说有一位奇象住院了。”马希尔说，“916团有个男生出手相助，把他拦住了，要不然潜行特勤的一个排都会被踩死。”

“哼，维尔·戈迪就是那副德行，”萨蒂亚不屑地说，“根本没有什么奇象，全是他编出来的。他整天都絮絮叨叨地给人讲故事呢。我倒听说，有一条奇蛇大开杀戒，把一家子五口人都给吃了，他们剖开他的肚子才把人救出来。”

“萨蒂亚！”欢悦小姐说，“这太可怕了，而且显然是假的。”

“只是听说嘛！”

大家七嘴八舌，聊起来没完，茉莉安却很难集中注意力去听。她当然也为空心痘疹担忧，可是……她还是忍不住回想起刚刚过去的这个下午，想起布里兰斯·阿马德奥，想起空轴花园，还有她小小的成就。

她正在逐渐成长为一名真正的奇迹锻工。她不得不费劲地把这个念头压下去，因为大家都在讨论病毒大爆发这样可怕的话题，她却像个傻子似的，忍不住咧着嘴笑。

“茉莉安，你今天过得怎么样啊？”家庭专列驶入919站台时，兰伯斯轻声问道。

茉莉安听见有人喊自己的名字，猛地回过神来。

“噢！我……呃，我做了一朵花。”

“真不错。”

16

课外有课

过了几天，警示传单出现了。傲立车站的墙上和布告栏里，通常都贴着各种俱乐部招新广告和失物招领单，但现在突然冒出了一张张黑白海报。卡当斯扯下一张，大声地读给 919 团成员们听。

空心痘疹

风险就在身边

什么是空心痘疹？

——一种可能致命的疾病，

由病毒在奇迹动物体内迅速传播导致。

你有感染的可能吗？

——如果你是奇迹动物，

有走神、健忘、食欲剧增、无法入睡或静坐、

出现不符合常情的攻击行为等症状，

那么你很有可能已经感染。

——如出现以上任何症状，

请立即联系咨询布兰布尔教授、露维奇教授，

或向奇迹社团教学医院医护人员求助。

请务必即刻行动，越快越好。

高度关注

不要拖延

尽快求助

“这是你资助人的主意吗？”马希尔问茉莉安，“现在还是他负责这件事，对吧？”

茉莉安从卡当斯手里拿过那张海报。“是他负责……可是……这不是他的风格啊。没有五颜六色，也没有感叹号。”

她默默地又读了一遍。走神。健忘。食欲剧增。无法入睡。攻击性。没有提到眼睛。朱庇特忘了吗？她记在心里，想着要好好问他。

919团今天早上的第一堂课是主题为“你脸上有什么？”的研讨会，是上一周初级离神大师课“这是什么味儿？”的进阶课。作为团内的花招大师，阿占当仁不让，拿到了“这是什么味儿？”大师课的最高分，而霍桑也毫不意外地证实了自己确实有“制造小规模混乱”的天赋。马希尔擅长口技，兰伯斯则在佯装问路、声东击西、引导别人兜圈子方面十分出色，就连弗朗西斯也因为从生日蛋糕里一跃而出，得到了不错的成绩。

不过，真正让人刮目相看的是安娜伊。她在“哭”这一领域的能力真是无与伦比。（老师说这是一项必备技能，在寻求陌生人帮助和摆脱警察找麻烦的时候尤其管用。）她都用不着“装哭”，只是随便想想难过的事就能真的哭出来。

919团的成员都很期待今天的研讨会，迫不及待地想抓住这个机会，将他们学到的本领应用一番。茉莉安却有些沮丧，因为这些课程在她看来都是浪费时间罢了。

为什么要在拥挤的大楼里高喊“着火啦”？她明明可以在地下九层唤来真正的火焰啊。哪怕让她去照料空轴花园里那片缓慢生长的花圃也好啊。德西玛·可可罗能教她用罗织真法让静止的水掀起波浪，两相比较，离神初级课的老师还有什么好教的？她可是奇迹锻工，真法的练习精进比别的课程重要多了，不是吗？

可是，她跟欢悦小姐提起这些时，列车长告诉她，凡尘学院和奥术学院教授的技能也很有用，重要的是，什么都涉猎一些，当个全才更好。

她跟路克提起这些时，助教告诉她，重要的是，始终记着学习是一场马拉松，而不是短跑比赛。

她跟索菲亚提起这些时，奇狐告诉她，重要的是，慢慢走，别着急，量力而行，务必谨慎。

然而，在茉莉安的脑海里，有一个声音压过了这些善意的提醒。那是她上一次见到以斯拉·斯考尔时，他对她说的话：你不是一只老鼠，茉莉安·克罗。你是一条龙。

“你们为什么不提眼睛闪绿光的事儿呢？”当天晚上吃饭时，茉莉安问朱庇特。

“嗯？噢，对，你是说……他们的眼睛。”朱庇特咬了一口芦笋，若有所思地问，“小茉，你当时看到了什么？”

茉莉安“哎哟”一声：“我都告诉过你了……”

“再讲一遍。”

“他们三个都一样。尤维拉，布鲁特斯，还有维克多。我知道这听起来有点儿奇怪，但那确实像是有人打开了他们脑袋里的一盏灯，映得眼睛闪绿光了。”茉莉安拨弄着盘子里的食物，顿了顿，接着说道，“就是这样，我看到了……可开会时你没提起，海报上列出的那些症状里也没有这一条。”

“噢，那个不是我弄的。黑白海报？不是我的风格啊。”朱庇特说，“是布兰布尔教授的主意——这话咱俩私下说啊，我觉得这么做不太妥当。那些症状其实只是猜的，是我们在询问感染者的亲朋好友之后拼凑出来的。他们的话含糊其词，有些还自相矛盾，谁都不能说得明确肯定。我觉得在重症期之前根本就不会出现任何症状。”

“那你更应该把眼睛的事情告诉布兰布尔教授，不是吗？”茉莉安追问，“因为这不是猜测，是我亲眼看见的。看见了三次。”

朱庇特放下餐具，一只手托着下巴，隔着桌子，严肃地看着茉莉安。“我告诉她了，我们也会认真对待的，我保证。可是，小茉，到目前为止，我们还没有其他目击者看到同样的情况。”

“但你相信我，对吗？”

“对，”朱庇特毫不犹豫地说，“我相信你说的都是真的。”

茉莉安没有放过他谨慎的措辞。她横眉立目地说：“你相信我说的是真的……但你不相信我看到的是真实发生的，是这个意思吗？你觉得那都是我想象出来的。”

“不，我认为你完全可能目睹了真实情况，可问题是，这样的目击者，只有你一个人。”他用叉子追着一颗豌豆，想戳中它，但一直没有成功。“这就是不能把它印在海报上的原因。我跟专案组和长老们讨论过了，我们一致认为，将感染的奇迹动物描述为‘眼睛闪绿光’是不合适的，因为那很可能引起大规模的恐慌。”

“什么意思？”

“人们已经很害怕了，”朱庇特说，“他们已经将感染者视作攻击者，而不是无端患病、不能自控的受害者。如果再加上‘眼睛闪绿光’这一条，肯定会有笨蛋一惊一乍地说他们被恶魔附身了，诸如此类的无稽之谈必然甚嚣尘上。”

“谁会在乎笨蛋怎么想啊？”

“笨蛋的可怕之处，就是笨蛋总能找到更多的笨蛋，来相信他们的蠢话。小茉，有句老话你听过吧：俯拾即是皆笨人。”

“原话说的是蜘蛛吧。”

“道理都一样，”朱庇特继续说，“所以目前我们得保密。如果这只是重症期的症状之一，那么公开与否意义不大。当感染者在镇里横冲直撞时，我们已经用不着以‘眼睛闪绿光’来辨别他们了。”

确实如此。茉莉安接受了。她用叉子戳起一块烤鸡肉，不过没有往嘴里送。“那……这病毒到底是怎么回事呢？专案组有头绪了吗？布兰布尔教授找到治疗方案了吗？”

“应该还没有。而且感染者数字还在持续攀升。”他托着下巴，闭目沉思了好一阵子。就在茉莉安以为他睡着了的时候，朱庇特却突然直挺挺地坐了起来，一副劳形苦心的模样。“问题是，我们发现的感染者，要么正值重症期，要么已经陷入空洞，这让我们怎么研究呢？我们至少得在袭击发生之前阻止他们啊……可我们根本不知道谁感染了、怎么感染的。总不能把整个永泊镇里的奇迹动物都监视起来吧。”

“为什么不向大众公开信息呢？”茉莉安建议道，“这样只要人们发现谁不对劲，就能通知你们去调查了啊。”

“我觉得早晚得走到这一步，”朱庇特说，“但公开信息会带来一连串的新问题。想想看吧！啊，诸位，要留神你们身边的奇迹动物哟，他们可能感染病毒，进而激烈地攻击你们。噢，但是，只能等到他们发起攻击，才能知道谁感染了，因为我们也不清楚早期症状是什么样。无论感染与否，无论何时何地，人人都可能卷入这些倒霉事里。总之，祝大家好运！”他干巴巴地笑了一声：“霍利迪·吴巴不得早点儿播放这条通告呢。”

茉莉安从来没有见过如此沮丧的朱庇特。她不知道该说些什么，只好倒了一杯水，推到桌子对面。朱庇特拿起杯子，感激地笑了笑。

“那你去探望过感染者吗？”她问，“他们以后会好吗？在你看来……我是说，唔，在见证者眼中，是怎么样的呢？”

朱庇特咬了一大口烤鸡。茉莉安知道，他这是在思考如何回答。

“很难形容，小茉，那是我从未见过的。我曾经听过‘空心人’的故事，这是我们见证者之间流传的黑童话。从前有一个人，他认识一个朋友，遇见一个陌生人，陌生人是彻底空洞的，诸如此类……我一直不相信真有这种事，可现在……”他摇摇头，仿佛仍然不愿相信似的。

茉莉安皱起眉头：“空心人。是什么意思？”

“当我看着某个人的时候——”朱庇特把盘子推到一边，向前倾着身子，“我是说，真正地凝视，以见证者的目光，我能看见一个纯粹的、完整的、独一无二的人。比如说，我今天下午跟钱达夫人聊了一会儿，她的脑袋里一直盘桓着一首歌，这首歌就像蛾子似的，不停地在她耳边扑腾。她有点儿生气，让她生气的事在她脸上投下了一小片阴影。表象之下的一层，我能看见她被一种深沉忧郁的蓝色笼罩着，就像沉浸在大海之下一样。这种蓝色就是她为好朋友尤维拉悲伤忧愁的情绪。

“再下一层，她身上还有一种持续、稳定的友善——在胸骨周围——像蜡烛在无窗密闭的房间里燃烧。有些人的友善只是昙花一现，而她的友善是永久坚韧的。”朱庇特的目光飘远了一些。“再下一层……唔，我通常不会看得那么深。越深越难企及、越难说清。人们总是把最深层的东西锁起来，紧紧抱着——尽管有时候自己都没意识到。这就是界限，除非主动邀请，我是不会随意窥探的。

“但是，教学医院里的那些奇迹动物……我却什么都看不见，”他轻声说道，“表层是空的，深层是空的，过去是空的，现在也是空的。”

“那……他们是睡着了吗？”茉莉安努力理解，“可能人在睡着的时候——”

“不，不是睡着了。他们现在什么也不是了。哪怕昏迷中的人，也仍然是他自己啊。他们仍然能做梦，仍然有生理上的痛苦，身上仍然带着他人留下的痕迹——爱人或敌人留下的伤疤、污渍。他们的过去还在。可那些奇迹动物，却像是……黑色的空洞。从内到外，什么都没有。”

朱庇特睁大了眼睛，瞳仁又亮又大。他害怕了。茉莉安觉得自己胳膊上的汗毛都竖起来了。

“小茉，说真的，我宁愿死，也不愿变成空心人。”

接下来的几个星期，情况渐渐明朗：就算能转移公众的注意力，人们也逃不开“空心痘疹”这个字眼儿。

“凝神与离神”大会迅速变成了“空心痘疹”大会，其他事项一概靠边站。自圣诞节以来，每周都有至少一起袭击事件发生，且事件数量不断增加，到后来似乎每隔两三天就有新的传闻冒出来，比如一头奇犀闯进杂货店乱踩乱撞，一只奇猫像玩儿猫抓板似的，抓伤了别人的脸。

霍利迪·吴警告大家，用不了多久，公众就会把这些线索联系起来，实情就再也捂不住了。

与此同时，在地下三层的教学医院里，第一批隔离病房已经满员，第二批也不剩几个床位了。医护人员人手有限，12 小时轮班，体力已经濒临极限，以至于护士蒂姆闯进议事厅，放话说要带领同事们罢工。长老们的回应是，招募所有具备医学专业知识的奇团成员伸出援手，于是七穴的各路人马毫不犹豫地行动起来，纷纷支援一线。

就连学员都派上了用场。有医疗经验的高年级学员被调到普通病房，拥有了正式职位，而像安娜伊这样的低年级学员，则将课程表上的内容全部换成了医院值班。

919团很满意这样的安排，因为这样一来，安娜伊就成了他们的专属八卦热线，患病的奇迹动物的近况全都了解得一清二楚——安静低调的性格刚好成就了绝佳偷听者。

“当然，我们这些助手是不能见到他们的——根本不准到隔离病区去——但我听到两个护士在茶水间里聊天。”一天早上，他们正在919车站等待家庭专列，安娜伊就讲起来了。“他们说昨天晚上送来了三位奇獾，是一家三口，其中年纪最小的就和我们差不多！真可怕！”

这新闻听起来尤其骇人，茉莉安也说不上来为什么。毕竟，空心痘疹传播起来不分老幼。可是，想到自己的同龄人也那样躺在病床上，就显得危险迫近，特别可怕。她忍不住一直想起朱庇特的那些描述：表层是空的，深层是空的，过去是空的，现在也是空的。就像黑色的空洞。

919团的家庭专列进站了，欢悦小姐像往常一样，站在门边向他们招手。大家挤在一起，上了车。铜壶里的水已经开了。马希尔将茶包扔进不成套的马克杯里，兰伯斯按照大家的偏好（如今已经烂熟于心）加入方糖，弗朗西斯则把饼干罐子递了过来。

“欢悦小姐，这姜饼可真好吃啊！”他赞许地说着，将一块饼干掰开，“很脆，又香又辣，是不是加了……肉豆蔻？”

“我不知道啊，弗朗西斯。”欢悦小姐说着咬了一口姜饼。

弗朗西斯有些失望："这不是你自己烤的吗？"

"不是啊，弗朗西斯，我像普通人那样，从商店里买的呀。"

"你昨天去哪儿了？"霍桑问茉莉安。他们在老地方坐下来，书包随意地扔在地上。"你生病了吗？"他问。

"什么？没有！我在上课啊。"

"可是你早上没乘家庭专列。"

"下午也没有！我们整天都没见到你！"卡当斯略带责备地说，"我们很担……我是说，霍桑很担心你，唠唠叨叨说个没完，很烦人。"

"哦，我没事，呃……我昨天早上乘伞轨车来的，"茉莉安憋回一个哈欠，"幽灵时段课排在早上五点钟，下午还拖堂了。"

"早上五点！"霍桑说，"幽灵五点也在？"

茉莉安翻了个白眼："好好笑哟！"

她没有说出全部实情。她确实来得早、走得晚，但这却不是助教或别的老师安排的。前天，茉莉安突然想到，自己的课程表是路克精心安排的，所以凡尘学院和奥术学院的课非上不可，既然如此，那么在课程表以外的时间……理论上来说，她完全可以自己去参与幽灵时段啊。

所以昨天下午放学后，地下九层的书虫们都走了，茉莉安查阅《幽灵时段之书》，给自己加了 90 分钟的额外课程——第一代奇迹锻工之一、章黎的幽灵时段。他展示了一段遮蔽真法，将自己融入周围环境的颜色和纹理，就像人形变色龙似的。茉莉安被这神奇的一幕幕迷住了，快到晚餐时间才乘伞轨车赶回家里。

当然，她只是看着而已。老师们已经警告过她了，她不能心急，不能贸然练习。路克应该不会多说什么，茉莉安也觉得不会惹出麻烦，但即便如此，她还是不想让别人知道自己的课外计划。

“你在奇迹锻工学院都学些什么呢？”霍桑继续问道，“用一个眼神杀死五十个成年人吗？”

“不，是一百个成年人，”茉莉安纠正他，“而且还有他们的配偶。”

“哎呀，怎么又说这种话？别说了别说了。”安娜伊做出不耐烦的样子，其实是有点儿害怕。

“你造出怪兽来了吗，茉莉安？”萨蒂亚来了劲头，“有好多好多大牙的那种！”

“还有致命的口臭，”卡当斯补充道，“有毒的狐臭，诸如此类。”

茉莉安乐不可支：“好主意。我记下来了。”

“那你定好占领永泊镇的日期了吗？”马希尔一本正经地问道，“我认为星期一是最好的。因为刚过完周末，人人都累得够呛，无力反击啊。”

“好建议，”茉莉安挪了挪靠垫，坐得更舒服些，“我要标在征服日历上。”

“你打算一次占领整个永泊镇吗？”阿占假装举着话筒采访

茉莉安，“还是一个区一个区地占领呢？”

“我想，还是一个区一个区地占领吧，”茉莉安说，“这样管理起来更容易些。给我几块饼干好吗？”

“欢悦小姐，快别让他们说了！”安娜伊快哭出来了。919团的玩笑比赛已经进行了好几个星期（当然，是霍桑起的头），笑不出来的永远只有安娜伊自己。

至于茉莉安，其实很高兴——朋友们以奇迹锻工取笑玩闹，可比害怕回避好多了。她希望有朝一日，循规蹈矩、容易晃神的安娜伊也能忘记恐惧，加入他们的行列。

这天放学后，茉莉安又留下来了。快下课时，她让霍桑转告欢悦小姐，说她自己回家，然后就冲向地下九层。她手里抓着一张小纸条——幽灵时段的具体安排她都抄下来了。

地点	参与者及事项	日期与时间
傲立楼，地下九层 真法学院 “金斯顿”室	格丽泽尔达·伯莱里、德西玛·可可罗、拉什班·塔拉兹德、玛蒂尔德·拉辰斯、布里兰斯·阿马德奥、欧文·宾克斯、艾洛蒂·鲍尔 由格丽泽尔达·伯莱里演示“毁灭”真法	令终纪， 第九年春，第九个星期四 15:25—16:42 （年）

这是茉莉安迄今为止参与过的最为神奇绝妙的课程，课上演示的真法她连听都没听说过，更别提亲眼看一看了。而教授这门课的奇迹锻工格丽泽尔达·伯莱里也比她所见过的其他奇迹锻工更有才华。

但后来发生的事将会证实，这段幽灵时段之所以成为她难以磨灭的记忆，并不是因为这些。

茉莉安和其他奇迹锻工学员站在一起，看着格丽泽尔达演示那精雕细琢、几近完美的“毁灭”。格丽泽尔达年纪很大，谎称她是奎恩长老的曾祖母也不为过，但她行动起来却行云流水、敏捷灵动。

“毁灭”是与“罗织”相对的真法，而且，颇为令人意外的是，想要恰到好处地毁掉一件东西，所需的精准与谨慎，和最初将它织造出来时一样。格丽泽尔达的课从罗织开始，从无到有地造出了一座房子——那小巧而完美的温室是由数百块玻璃板组成的，反射、折射着各个角度的光线，看上去就像一座水晶宫。在茉莉安心里，罗织真法的黄金标杆是布里兰斯·阿马德奥，而格丽泽尔达竟然比她更快、更精准。

“人人都可以往窗户上扔石头。”格丽泽尔达对学员们说道，并且真的将一块拳头大小的石头扔向玻璃板，把它砸得稀碎。

“‘毁灭’真法并非使用外部暴力摧毁，而是从事物的内部将其瓦解，拆解、分割它的组成部分，然后逐一损毁这些部分，以此类推，直至将原有事物完全转化，让它彻底失去它之所以是它的本质。最真切、最纯粹的‘毁灭’，其实是一种极致的‘转化’。”

课程快结束时，经过格丽泽尔达和学员们一次次的解构、分割，玻璃温室已经转化成了一堆白色的沙子。

像布里兰斯一样，格丽泽尔达也是一位好老师——机警、细致、有耐心，不吝赞赏，也会及时纠错。茉莉安沉浸在幽灵时段里，对即将出现的迎头一击没有任何准备。站在她身边的一个十几岁的男孩儿举手提问，她几乎没听见他到底问了些什么。

茉莉安定定地瞪着这个男孩儿，没看到格丽泽尔达的微笑，只听到她说：“好问题，斯考尔。”

17 少年斯考尔

幽灵时段的表格里没有他。一次也没出现过。

茉莉安觉得很不可思议。她怎么这么傻啊。她竟然从来没有想过，既然自己能在地下九层深入奇迹锻工的历史，那么很可能也会在某一天遇见过去的他——那个“尚在人世的最邪恶的人”。他曾经安图带领奇迹锻工背叛永泊镇，曾经纠集恶魔军团制造了勇气广场大屠杀，曾经派出烟与影的追猎者，将被诅咒儿童赶尽杀绝，却又出于神秘而疯狂的理由，放过了茉莉安。

那个人曾凝视着她的眼睛，对她说：“我看见了你，茉莉安·克罗。在你的内心深处，正邪之间的薄冰一击即碎。”

可他的名字，不在《幽灵时段之书》里。

是刻意剔除的。

茉莉安在地下九层待到很晚，直到她觉得再不回家，玛莎和凯吉瑞就要大张旗鼓地寻人了。她尽可能多地查阅了书中的表格。她将查找范围框定在斯考尔可能生活在永泊镇的时段，差不多一百多年前——令终纪，东风纪。她搜寻着那些与斯考尔同时代的奇迹锻工——布里兰斯、欧文、德西玛。她翻到了自己在空轴花园里的第一堂课，手指沿着“参与者及事项”那一栏往下滑——布里兰斯·阿马德奥、艾洛蒂·鲍尔、欧文·宾克斯。

那堂课的学员，只有一个女孩儿和两个男孩儿，茉莉安非常肯定。

她怎么就没注意到呢？她竟然早就见过他了！可能已经见了十几次！或是几岁的他，或是十几岁的他。她就这样轻松愉快地闯进了他的过去，却根本不知道他在那儿！

茉莉安拿出笔记本，挑出她认为斯考尔可能会出现的幽灵时段，一字不差地全都抄了下来。她足足抄了六页纸，抄完之后就把笔记本藏进了背包的隐蔽夹层里。

现在，轮到她来追踪斯考尔了。

地点	参与者及事项	日期与时间
傲立楼，地下九层 真法学院 “威廉姆斯”室	德西玛·可可罗、欧文·宾克斯、艾洛蒂·鲍尔 “罗织”真法高级课程	令终纪， 第十二年春，第九个星期五 12:15—12:53 （年）

第二天，茉莉安放弃了午餐，留在地下九层，进入了她秘密清单里的第一段幽灵时段。果然，她没有失望。

幽灵时段的地下九层，蛛网般纵横交错的一间间空屋里回荡着叫声、笑声和水波汹涌的拍击声。德西玛·可可罗织出的河流像缎带似的，在真法学院的一座座拱形门楣下流进流出。

这景象离奇、美妙、骇人。茉莉安想起自己在那条诡计巷道里被无尽水浪追赶时的情景，不由得胸口发紧。但她暂且忍下恐惧，全神贯注地盯着那个少年。只见他跟在德西玛身后跑来跑去，和朋友们一起兴奋大笑，试着模仿老师的做法（当然，大多都失败了）。

这时的以斯拉·斯考尔已是高年级学员——可能十七岁左右——已经渐渐有了他后来为人们所熟知的模样。和钱达夫人前年拿给她看的那幅画像相比，他那灰棕色的头发要更蓬乱些，眉毛上也还没有伤疤。但瘦削的脸型、凌厉的五官、苍白的肤色……全都和未来的他一样，却又有一些说不出的不同。十七岁的斯考尔无忧无虑，活泼好动，跟朋友们黏在一起，看到河流穿过学院这样荒诞的景象就乐不可支。

除了容貌上的相似，茉莉安几乎认不出他。

地点	参与者及事项	日期与时间
奇迹社团，幽鸣森林，最西角，最古老的树下	拉什班·塔拉兹德、欧文·宾克斯、艾洛蒂·鲍尔 “罗织”真法初级课程	令终纪， 第八年春，第十个星期一 07:30－08:22 （年）

接下来的星期一早上，茉莉安赶到了幽鸣森林的最西角，在那棵最古老的树下来回溜达。果不其然，老树的脾气很坏。

“你可别介意。”老树阴阳怪气地咕哝。茉莉安正在寻找半空中的银色光箔，一不小心被它恣意铺展的树根绊倒了。粗糙的树干挤成一团，浮现出一张干巴巴的老脸，嘲笑道：“千万别介意我这些古老的树根，它们只是待在自己的地盘，深深扎根罢了。要不要我为你让让路呀？挪一挪，跳一跳？”

“呃，对不起，我只是在找——啊，好了，找到了！”

茉莉安掀开光箔，钻进了幽灵时段。这堂课的时间，比德西玛织出地下河流的那次早四年。

斯考尔也在，他的年纪和茉莉安此刻差不多。塔拉兹德向着老树伸出手，认真地讲解着，如何与大自然交流，以理解和梳理其脉络。但斯考尔却冲着艾洛蒂做鬼脸。

“以斯拉，行了。”欧文嗔怪道。他闭上眼睛，用手掌摩挲着树干：“我们正在倾听树的心声。”

茉莉安一时间被这话题吸引了。她不明白，跟幽鸣森林里的树木讲话，难道还需要使用真法吗？以她的经验来说，这些树一直都是絮絮叨叨抱怨个没完的呀。然而，她仔细观察那棵老橡树之后，才发现树干上并没有粗糙的纹路、干巴的老脸，其他的树上也没有。在幽灵时段里，幽鸣森林并不是如今的幽鸣森林，更不是她浅薄认知里的幽鸣森林。真是奇妙。

“‘我们正在倾听树的心声！’”以斯拉夸张地重复道，冲着欧文身后的艾洛蒂挤眉弄眼，两人都咯咯笑了起来。

茉莉安皱着眉头，径直走到以斯拉面前，凑近了，仔细去看他那张明朗欢快的脸。有那么一瞬间，他的目光锁定了她，仿佛知道她就在这里。茉莉安心里一慌，觉得脖颈上的汗毛都竖了起来。可随即他就看向了别处，似乎一切如常。

地点	参与者及事项	日期与时间
傲立楼，地下九层 真法学院 “科克兰”室	布里兰斯·阿马德奥 “遮蔽”真法中级课	令终纪， 第九年春，第十个星期三 14:21－14:38 （←）

这次的幽灵时段有些不好估计，因为欧文和艾洛蒂不在表格里。不过，茉莉安有一种强烈的预感，那就是布里兰斯不会一个人待在屋里，自己教自己。这种感觉让人欲罢不能，所以星期三下午，茉莉安逃了一节“不死族方言”，前来印证一番（只是一节课罢了，她安慰自己，黑乎乎的阶梯教室里，少了她一个也看不出来）。

这段幽灵时段只有十七分钟，并且是她所见过的为数不多的“循环重现”时段。茉莉安觉得这似乎不能称为“一节课”。以斯拉把手放在木桌上，静静地、全神贯注地凝视着，直至皮肤变成木纹的颜色，视觉上完全和木桌融为一体，就像变色龙一样。

他和布里兰斯都没有讲话，一直到最后，老师才微笑着说道：“做得不错，亲爱的。你进步很大。我真为你骄傲。”

以斯拉也笑着望向老师，脸颊微微泛红，为自己赢得了赞扬而激动。

茉莉安躲在角落里看着，努力思索：这一幕究竟有什么特别之处，让它从漫漫历史中被截取出来，不停循环重现呢？在这十七分钟里，两个人只是在屋子里静静地坐着，似乎没有太多教学上的价值。或许，制造这一幽灵时段的人，也像她一样，被年轻的以斯拉·斯考尔迷住了。

这个温和、快乐、勤奋的少年，是怎样变成恶魔的呢？茉莉安相信，只要仔细观察，总有一天，他的面具会滑落，未来的雏形会显现，转变的分野会渐渐明晰。

至于现在，她只能暂且将他们看作两个不同的人：少年以斯拉和恶魔斯考尔。

循环重现的幽灵时段不会自行消散，所以茉莉安必须找到空中的光箔，才能回到此刻。跨过去的时候，她看见一张小小的、毛茸茸的脸正望着自己。

“你好啊，茉莉安，”索菲亚和蔼地说，“你不是应该在地下六层的阶梯教室里上课吗？”

“我……呃，是啊。”茉莉安本来想编个瞎话，可仔细一想就觉得那样没什么用。她鼓起勇气，打开笔记本，把它推到索菲亚的面前，让她看看自己抄下来的那些幽灵时段。“我在寻找以斯拉·斯考尔。”

奇狐似乎毫不意外：“是啊，我想也是。科纳尔说你课余时间常常泡在这儿。”

“你们……噢，”茉莉安觉得自己的叛逆毫无意义，“对不起。”

“不用道歉啊。”索菲亚转过身，示意茉莉安和她一起离开“科克兰”室，来到走廊上。“这是你的学院，茉莉安。其他人——科纳尔、我、地下九层学术小组，甚至还有路克——都是外人。真法学院是属于奇迹锻工的。是属于你的。所以，想参与幽灵时段，就尽管去啊。它们本来就是为了让你接受教育才存在的。我们只是不希望你透支自己。”

“为什么一直没有人跟我提起斯考尔呢？”

“你来之前我们三个讨论过，”索菲亚坦陈道，“科纳尔比我更了解你，他认为你能处理得了。但我想，如果让你知道这里还有那么多斯考尔的痕迹，可能会吓着你，会让你分心。”

“所以你们删掉了他的名字？”

“噢天哪，不是的！”索菲亚吓了一跳，“我们绝不会对《幽灵时段之书》做任何删改。昂斯托得教授规避了斯考尔的名字，为的是应付审查。他不希望长老们将他的毕生心血抄没，或是更糟——销毁。和斯考尔有关的一切都会化为灰烬的。”

“可是，难道长老们想不到吗？斯考尔肯定会存在于幽灵时段之中啊。”

“你见到他之前，也没想到，不是吗？”索菲亚一语中的，“我认为，长老们并不想刨根究底。科纳尔不是说过嘛，他们不多问，我们也不撒谎。”

她们平和而沉默地走了一会儿，快到地下九层的出口时，索菲亚问：“你真的不觉得恐怖吗，和他共处一室？”

茉莉安耸耸肩说：“那感觉并不像真正的共处一室，他也不像真正的斯考尔……呃，以我了解到的资料来看……”她及时地刹住了话头。她还没有告诉索菲亚、路克和科纳尔，自己之前已经见过斯考尔本人好多次了。她也不确定该不该和盘托出。她猜测路克是知情的，因为穆加特罗伊德知情。不过，真的拿到台面上来讲，还是多少有些尴尬。

“茉莉安，你比我坚定多了。我一直都躲着他会出现的那些幽灵时段。哪怕他还是个孩子，可见到他和别的奇迹锻工在一起，仍然会让我害怕。”索菲亚摇摇头，轻声说，“他们是他的朋友、他的家人——他仅有的家人；他一定在很年幼的时候就被父母送到奇迹社团了。但他能够在那么长的时间里隐藏自己的本性，隐藏自己对他们的恨意……想来令人心惊啊。”

“可他并不恨他们啊，”茉莉安说，“他看起来很开朗。”

走到走廊尽头，索菲亚停住了。她把茉莉安送到出口，就要折回书房去。

“是啊，这正是让人伤怀的地方，”她若有所思地说，“看着他们在同一间屋子里，那么开心，那么幸福，可结局却……”

“结局是什么？”

索菲亚疑惑地看着她：“茉莉安，你……你没听说过勇气广场大屠杀吗？”

“听说过啊，”她回忆着自己背过的内容，“东风纪，第九年冬，斯考尔率领恶魔军团，妄图征服永泊镇。有些人站出来阻止他，在勇气广场与他对峙，但他——”

她愣住了。信息的碎片在她脑海里一块块拼合，全景赫然，令人作呕。

“……他把他们都杀了。”她轻声说，“其他的奇迹锻工。他们没有跟着他叛乱。他们想要阻止他……可他杀死了所有人。”

“对。”索菲亚点点头。

“也包括艾洛蒂？”

“所有奇迹锻工。”

茉莉安突然觉得羞愧难当：她竟然从未深究过，那些牺牲在勇气广场的都是谁。在她的脑海里，他们只是没有面孔、没有名字的群像——只是茫茫众人。她从来没有想过，斯考尔可能认识他们每一个。

“如果阻止他的人是奇迹锻工，”茉莉安慢慢说道，“如果人们口中的‘勇敢的人’是奇迹锻工……那么为什么所有人都憎恨他们呢？好像‘奇迹锻工’就等同于以斯拉·斯考尔一个人，难道只是因为他是最邪恶的吗？”

索菲亚的耳朵一抖：“事情太久远了……”

“一百年并不长啊！”

“……就连史书也被彻底审查删改了，当年的事究竟如何，很难追究了。但我们相信……”索菲亚顿了顿，似乎在寻找合适的措辞，“……勇气广场那件事之后，就再也没有奇迹锻工来保护人民、抵抗斯考尔和他的恶魔军团了。短暂的黑暗时代，仿佛他已经赢了，已经征服了永泊镇。就是在那个时期，‘奇迹锻工’渐渐成了‘以斯拉·斯考尔’的同义词，而‘以斯拉·斯考尔’无异于魔鬼。奇迹锻工成了恶魔的化身——本该受人爱戴的人，成了恐惧的对象。

“后来，古老的魔法奋然而起，成为屏障，保护永泊镇的人民，并将斯考尔驱逐出境。人们想要寻求答案，想要血债血偿，他们想到的第一个地方就是奇迹社团，因为这里是抚养他、栽培他、塑造他的地方。所以，在憎恨奇迹锻工的城市，奇迹社团想要自保，唯一的办法就是报以同样的甚至更深的憎恨。它的恨意必须是最深的。

“于是奇迹社团进行了自我改造，并在这个过程中修改了历史记载。地下九层封死了，绵延千年的真法毁掉了、废黜了、埋葬了。”

茉莉安听了这些，静静地消化了一会儿。

“对不起。”索菲亚说道。她抬起上身，轻轻地用爪子按着茉莉安的手腕。“我没想到这会让你这么难过。我还以为你知道他们是谁，知道他杀死的是什么人。”

茉莉安想笑。这一点儿都不滑稽，但是可笑。她怎么可能知道呢？幽灵时段是学习真法的完美工具，可从没有人告诉过她，那些人都是谁。

索菲亚和科纳尔熟知地下九层的历史。可是，他们会告诉她，欧文和艾洛蒂发觉朋友背叛时的表情吗？他们会告诉她，慈爱的布里兰斯临死前对以斯拉说过什么吗？还有格丽泽尔达，在生命的最后时刻，她是怎样反抗他的？这一切，他们会告诉她吗？

谁又会告诉她，当时的高级长老院是如何权衡的？为了维护自己的正当性，抹黑八个无辜的人，抹去奇迹锻工的历史，这样的决定，他们是怎么做出来的？

“这本来就是明摆着的，对吧。”茉莉安觉得喉咙发紧。以斯拉和艾洛蒂在古老的树林里开怀欢笑的一幕横亘在她的脑海里。“敢拦在奇迹锻工面前的……除了别的奇迹锻工，还能有谁？”

18

明　抢

第三年 · 春

有了索菲亚的首肯，茉莉安便一头扎进了《幽灵时段之书》的盛宴中，笔记本上的清单越来越长，泡在“过去”的时间比待在“现在”的时间还多。

她以前很乐于每天早上在家庭专列上与欢悦小姐和919团一起喝茶，但如今，曾经珍视的时光有些碍手碍脚了——她等不及要冲到地下九层去。不久之后，她就干脆不搭家庭专列了，每天很早就到，放学后也要待到很晚才走。

她觉得或许有人会好奇：何必花那么多时间和那些不能交谈的人在一起呢，他们甚至都不知道她在那儿。可茉莉安非但不觉得孤独，反而非常享受这种温柔宁和、不互相苛求的陪伴。布里兰斯 · 阿马德奥、章黎、格丽泽尔达 · 伯莱里，还有艾洛蒂、欧文和欧德贝……他们似乎已经成了她的……朋友。

甚至——她非常内疚地发现——连以斯拉也是。

这才是最奇怪的。她已经知道了勇气广场大屠杀的真相，知道了以斯拉残忍地背叛了朋友，她在幽灵时段里见到他时，应该愤恨不已。可事实却完全相反：她越来越不能相信，少年以斯拉和恶魔斯考尔是同一个人。

以斯拉……非常普通。他跟艾洛蒂和欧文闹着玩，把年高可敬的格丽泽尔达·伯莱里称作"夫人"，因为自己闹出的笑话而乐不可支，上课犯了错也会沮丧难过……这一切都没有任何不寻常的地方。他就是一个普通人。和自己团队里的其他人没什么两样。和她茉莉安也没什么两样。

当她把自己定期去见斯考尔的事告诉霍桑和卡当斯时，两个朋友的反应完全在她意料之中——霍桑又害怕又好奇，卡当斯看似毫不在意，其实也是又害怕又好奇。

"他都在做什么？他长什么样子？他看得见你吗？他在幽灵时段里看不见你吧？他不会从幽灵时段里跑出来吧？他会不会跑到别的时间里去啊？"霍桑总算喘过一口气。

"那又不是时间机器，霍桑，别傻了。"卡当斯翻了个白眼，"幽灵时段有点儿像……唔，历史片段之类的，是吧，茉莉安？是不是这样？"

茉莉安看看霍桑睁大的眼睛，又看看卡当斯紧皱的眉头，突然觉得不该告诉他们才好。或许现在还不是时候，不该让朋友们一想到"以斯拉·斯考尔还在永泊镇"（不管是不是历史片段）

就害怕，就困惑。919团又要参与“凝神与离神”，又要应对愈演愈烈的空心痘疹，烦心事已经够多的了。

病毒已经侵入了生活的各个方面。霍桑的妈妈从托儿所接回了小戴夫自己照顾，因为原本和蔼可亲的奇驼老师突然攻击了几位接孩子的家长。卡当斯的一位奇蛙邻居失踪了三天，被人发现时正漂在公园的鸭塘里，毫无知觉，所幸的是还活着。奇驼和奇蛙都住进了奇团的教学医院。

“是的，是这样的。”茉莉安冲朋友们笑笑，希望能让他们放松些，“那不是真的斯考尔，只是将历史片段重现了。”

“像看电影那样？”霍桑乐呵呵地问道。

茉莉安很想告诉他，自己早上看到的那一幕完全不像电影——七岁的以斯拉竟然因为不能像欧文那样喷火而哇哇大哭；他哭得那么伤心，茉莉安真想伸出手抱抱他。

不过，茉莉安还是答道：“对，和电影差不多。”

919团接下来要参与的离神研讨会主题是：“你背后有什么？”这是一节校外实践课，老师将他们送到环镇大道，分成三组，离开前只留下了简单的指示：

1. 实施离神。
2. 偷一样东西。
3. 别被抓住。

安娜伊是在名为“宁静姐妹”的修女团里长大的，所以一看到这些就慌神了，忙不迭地祷告乞求神灵饶恕。三组人马朝着不同方向分开时，茉莉安听见卡当斯对她说：“我们之后会还回去的，安娜伊，别嘟哝了！”

茉莉安和萨蒂亚、弗朗西斯一组。萨蒂亚立刻就自认为组长。

“好了，”她朝另外两人招招手，压低声音说，“咱们必须偷一样特别的东西，因为其他两组都比咱们强。”

“怎么个强法儿？”弗朗西斯问。

萨蒂亚瞪着他，夸张地耸了耸肩：“你想想呀，他们一组有催眠师，另一组有阿占，阿占的心法说白了不就是偷东西吗？”

茉莉安皱着鼻子：“萨蒂亚，这应该没什么好比——”

“万事皆可比！”

弗朗西斯和茉莉安互相看了一眼，两个人都明白，这次只能由着萨蒂亚了。

三个小组各在一个街区内行动，偷窃任务完成后，再重新集合，回到奇团汇报情况。萨蒂亚精心挑好了他们的目标：一家规模庞大的典当行——“二手城”。

“那么，这件东西要多‘特别’才行呢？”茉莉安问道。他们在逼仄凌乱的走道上挤过来、挤过去，望着一堆堆摇摇欲坠的家具、古董和小玩意儿。

弗朗西斯漫不经心地说：“自行车怎么样？或者，一套盔甲？噢！这个好！留声机！我一直都想要一台留声机！”

茉莉安皱起眉头：“咱们不能自己留下啊。”

弗朗西斯满怀渴望地看着那台古老的播放器：“噢，对。”

“你们俩都想错了，”萨蒂亚把一头红色长发胡乱扎成马尾辫，高高地挽起了袖子，“我们可不是来混个及格分的。要么干一票大的，要么就回家。”

“噢！好极了！我选回家！”茉莉安说道。弗朗西斯大笑起来。

他们在走道里溜达了十分钟，提出了几十个建议，但都被萨蒂亚否决了。

“那个怎么样？”弗朗西斯指着一个人形模特说，“给它穿上衣服，假装它跟咱们是一起的，然后大摇大摆走出去。”

萨蒂亚翻了个白眼：“这是我听过的最傻的主意……”

“嘘——”快到走道尽头时，茉莉安突然伸出手拦住了萨蒂亚和弗朗西斯——旁边那条走道上传来了说话声。他们躲在拐角处偷看，只见两个男人正站在一架巨大的球形机械旁边。这个大球几乎和人一样高，金属上片片斑驳，已经生锈了。

“……到店不过一个星期，就已经有五位出价了。非常值得珍藏啊，可遇不可求！”

顾客不大相信：“值得珍藏？真的吗？”

“这可是高级吊舱呀，当然值得珍藏了。”另一位答道。他应该是这家典当行的老板。

“这看起来完全没有吊舱的模样。”顾客说。

老板压低了声音：“因为这不是本地货呀！这可是冬洋党的财产，稀有，保真——”

“得了，别胡扯了！这就是一堆生锈的旧货。按废弃金属的行情，给你开价三十克莱。”

“三十？你开玩笑呢，先生？少于一千不卖。”

“一千克莱？你疯了！”顾客摇摇头，嗤笑着走开了。

老板追了上去，两个人渐渐离开了走道。弗朗西斯立刻跑到那架机器旁边，热切地说：“这还真有点儿像咱们的吊舱，只是要小很多。而且——你们看，它配有螺旋桨和马达，应该是在水里用的。”

茉莉安走过去，摸了摸金属舱壁：“你是说，这是一艘船？”

“怪模怪样的船。”萨蒂亚说着拽了拽生锈的把手。

舱门开了，小小的空间里只有一个座位和一个操作台。三个人挤在一块儿，向里面张望。

萨蒂亚和茉莉安立刻就捂着鼻子退开了。

“哎哟，好臭！”萨蒂亚说，“海藻和死鱼的臭味儿！”

茉莉安强忍着反胃想吐的感觉，点了点头。这不仅是海藻和死鱼的臭味儿，还有一种似曾相识但难以描述的气息——泥泞腐烂的气息。她不敢把手从鼻子和嘴巴上移开，只好瓮声瓮气地说：“快把门关上，弗朗西斯，太恶心了！”

“这不是船，是潜水艇！”弗朗西斯兴奋得顾不上什么臭味儿了，“你们看，这个是潜望镜！那些是声呐设备！我能肯定，这就是潜水艇！不过是私人的，只能容纳一个乘客。我猜，这是……这是间谍用的！”

“你怎么知道这些？”茉莉安问。

“我的叔祖母伊耶娃退休前是海军军官——海军上将伊耶娃·阿辛芬瓦，你们可以去了解了解，她当年的名声响当当。她有一大堆关于航海船只的书。”弗朗西斯兴奋极了，伸出手又要去开舱门，却被萨蒂亚挡开了。

是鸠罗河。茉莉安想起来了，是蜿蜒穿过永泊镇的鸠罗河。幽深、黑暗、曲折。这熟悉的气味，是它。

“有时候，高原地区的人会沿着那条河来到永泊镇，”萨蒂亚说，“但他们可不是间谍。”她绕着那架机器走了一圈，随意地敲了敲金属外壳。

但弗朗西斯非常确定。“这些技术……对于普通人来说太昂贵了。再说，鸠罗河里有水毒蛇、刺鬼鱼、盗骨者、水狼人……谁会冒险在水底下潜行啊，不要命了？”

萨蒂亚站在茉莉安和弗朗西斯中间，双手搭在伙伴们的肩膀上，兴致高昂地说：“诸位，就是它了！咱们就偷这个！”

茉莉安不可置信地瞪着她：“萨蒂亚……别开玩笑了。它这么大，怎么把它搬出去啊？”

“咱们可是三个人！我的力气可以轻易抵上三个人，所以加在一起就是五个人！”

“物理上可还是三个。”弗朗西斯也不同意。

但萨蒂亚兴奋得脸都涨红了：“哎呀，快想想吧！把这玩意儿带回奇团，别人得多惊讶啊！”

“带回奇团？”茉莉安难以置信地笑了一声，“你觉得我们能把这东西一路扛回奇团？怎么可能呢，萨蒂亚？一整天也不够啊！我还得去地下九层——”

“得了，别再提地下九层了。”萨蒂亚抱怨道。

“什么？”

“别再提你的地下九层了，行吗？你最近除了它就没别的可说了是吗？”萨蒂亚气哼哼地踢着一张旧桌子的桌腿，“地下九层这个这个，真法那个那个，什么什么宾克斯——”

“是欧文·宾克斯——”

“够了！我都要听吐了！”萨蒂亚眼睛冒火，“你的秘密学院，你的专属楼层，那都是你自己的事，可我们也一直在努力磨炼自己的本事——奇迹社团究竟为什么存在？你是不是已经不在乎了？”

茉莉安气得说不出话。她扭过头寻求弗朗西斯的支持，可他似乎突然对脚下的地板有了浓厚的兴趣。“真是抱歉，在下水道里乱爬可不是美好时光。毕竟‘有进无退’萨蒂亚·克兰·麦克劳德只有一位啊。”茉莉安有点儿口不择言。

“那并不是自己去选什么‘美好时光’，那是重要的工作。我们都应该努力工作，做点儿有用的事，给无名之域做点儿贡献！”

“我们才十三岁！”

“我曾向加文·斯夸尔斯申请加入兽务部，你知道他怎么说吗？”萨蒂亚反击道，“他说，想要加入大人的行列，就必须证明自己有那个本事。我们所有人，每一个，919团得一起努力才行！”

“我才不在乎加文·斯夸尔斯说了什么！”

“噢，得了，你还是在乎些吧，”萨蒂亚气极了，“因为我们当中最需要证明自己的是你！你这个奇迹锻工！”

她说出这个词时恨意满盈，吓得茉莉安一哆嗦。

弗朗西斯紧张又尴尬，他看看萨蒂亚，又看看茉莉安：“呃……要不然，要不然还是去偷那个人形模特吧……”

“喂！你们三个——快出来！快点儿！”霍桑站在店门口朝他们招手。他的脸红扑扑的，胸脯起伏着，一看就是跑过来的。“来呀，快出来，你们得听听这个！”

919团的其他人已经在环镇大道上等着了，他们的黑斗篷像镶边似的，围住了另一群人。

“怎么了？”茉莉安赶到卡当斯身边，闷闷不乐地问。

卡当斯摇摇头：“问这个傻瓜吧。”

这“傻瓜”是个衣着讲究的男人，他站在板条箱上，举着扩音器，冲着围拢过来的行人大喊大叫。这闹哄哄的声音充斥着愤怒，听起来沉闷烦人，而他喊叫的内容更加令人不快。

“这是物竞天择！是自然权利！这些所谓的奇迹动物，根本就是反常变态的！它们的存在是对人类的侮辱！它们根本就不该跟我们平起平坐！”

茉莉安越听越生气。听众的反应既有支持的欢呼，也有反对的嘘声，但因为太吵了，分辨不清。

“眼下的困境不可避免！”那人继续嚷嚷，“我们对这些可憎的东西一忍再忍，早已偏离了自然秩序，现在，它们的野兽本性终于暴露出来了！我们必须保护自己，保护家人。我们有权利这么做！可当权者却拒绝承认我们的权利！”

那个人每说一句话都要不停地挥动拳头，好像凭空敲击的法槌。他的脸涨成了酱红色，微微有些发紫。要不是他如此面目可憎，茉莉安都要担心他会不会两眼一翻晕过去。

“记着我的话！他们在掩盖事实！你们都看过报纸，都听说过神秘的暴力袭击！可我们知道的仅限于此！我能肯定，奇迹社团掩盖了重要的信息！而公众有权知晓！我有充分的理由相信，在那个奢靡的、机密的纳税人支持的不受监督的社团里，他们藏匿的知名袭击者不只是一两个，而是几十个！”

茉莉安有些不安地看了看卡当斯和霍桑。他们的金色 W 形别针映着阳光，闪闪发亮。她突然很想伸手把他们的衣领翻进衬衫里面，不过还是忍住了。

是不是奇团内部有人泄密了？只要一个八卦大嘴巴就能造成这种后果，而这样的人在奇团里可不少。或者，也可能是大众发现的？毕竟真相藏不了多久，迟早要大白于天下……

这时，茉莉安突然觉得有人攥住了自己的胳膊，力气之大能在上面留下瘀伤。

“哎哟！你怎么……兰伯斯？”

“咱们快走。”兰伯斯脸色大变。她招呼着其他成员，催促他们离开人群。“所有人，快点儿离开这儿！乘伞轨车走！”

茉莉安和919团的其他人毫不迟疑地跟着兰伯斯拐过街角。没有人问为什么，也没有人表露出惊讶。他们踩着点儿赶到了最近的伞轨车车站，缆索上的九个钩子刚好滑过，让他们挂上了各自的雨伞，不多不少，不早不晚。

在返回奇团的路上，他们穿梭在环镇大道半空，看见刚才的街头集会已经变成了斗殴混战，警察赶来，正在驱散人群。幸好，预言者兰伯斯及时地带着大家离开了。

当天放学后，在等待家庭专列时，茉莉安和萨蒂亚之间的关系仍然很紧张。茉莉安忘不了萨蒂亚说出“奇迹锻工”时的狠劲儿，萨蒂亚则因为别的小组都完成了偷盗任务而耿耿于怀（卡当斯的小组从一家戒备森严的珠宝店里偷走了一条钻石项链，阿占的小组更是所获颇丰，口袋塞得满满的，连归还清单都好长）。

不过，就算其他人注意到了她们俩的矛盾，也都佯作不知。从伞轨车上跳下来以后，大家的话题就只有那个拿着扩音器的男人和后来的骚乱了。阿占说他在人群里看到了一头奇猪，霍桑则发誓说目睹了一头愤怒的奇羊用脑袋撞人。

“你说，他们是感染了，还是——”

“普通生气？”茉莉安接口道，“不知道。”

“如果有人说我是‘可憎的东西’，我肯定会生气的，”马希尔说，“这话很粗鄙啊。”

这时，家庭专列进站了，欢悦小姐上气不接下气地从车上跳了下来。

“你们听说了吗？”她问大伙儿，“明天的课取消了！长老们要开高级会议，宣布低年级学员可以休息一天，各团队自己做些有趣的事。”

“高级会议是指什么？”卡当斯问。

“噢，就是比凝神与离神大会更紧急一些的会议。是关于空心痘疹的，你们懂。”欢悦小姐说。在茉莉安看来，她那轻松的语气像是刻意练习出来的，看似漫不经心的摆手也是。茉莉安瞥了瞥卡当斯，卡当斯则扬起了眉毛。她们都在猜测，这是不是与环镇大道的集会有关。“整个七穴的奇团成员都会参会，议事厅可装不下所有人，所以咱们就放假了。这一天想干什么都行！”

919团的大部分成员都欢呼起来，但茉莉安一点儿也不兴奋。她窝进豆袋沙发里，偷偷看了看记录着幽灵时段的笔记本：明天有她非常非常想看的“伪装”真法课。她最不希望的就是放假——放假可就不能参与幽灵时段了。

萨蒂亚惊呼一声，仿佛得到了什么重要的人生启示。“欢悦小姐，这一定是上天注定！明天在巨人竞技场有比赛！大力士格里姆斯戈登布拉格对战健美王弗莱德纳克！咱们去看比赛吧，好吗？”

“不不！咱们去游泳！”霍桑说，“明天一定很热！”

“游泳？”萨蒂亚莫名其妙地瞪着霍桑，好像他的建议是放火烧了孤儿院。

“嘿！”马希尔突然坐直了，“去哥布莱恩图书馆怎么样？现存的唯一一份《费哲伦地安纲要》就收藏在那儿！”他看看大家，大家却茫然地望着他。“《费哲伦地安纲要》，你们不知道吗？七十七种精灵语的音节表和字母表都收录在那里面！还有插图！有三千年的历史了，是一位沉默的僧侣整理——”

“我们去游泳好吗，欢悦小姐？”霍桑放开嗓门儿插嘴道。

不过欢悦小姐似乎另有考虑。“说真的，马希尔，哥布莱恩图书馆是个不错的建议。我有个朋友就在那儿工作，刚从守书人晋升为管理员。”

“欢悦小姐，咱们真的要去图书馆？”卡当斯做了个鬼脸，“这一天假期应该算是额外优待吧，可这听起来像是‘无聊节日开幕式’啊。”

马希尔皱起眉头：“哥布莱恩图书馆一点儿也不无聊。”

“看，无聊庆典的司仪说话了。”

“是无聊大师。”霍桑纠正道。

卡当斯不情不愿地跟他击了个掌。

“哥布莱恩图书馆是奇迹社团设立的，”马希尔毫不气馁地争论道，“有一整片区域专门介绍奇团的历史，只有奇团成员才能进入。”他说着举起食指，晃了晃金色的 W 形印痕。

茉莉安突然来了精神。专门介绍奇团历史？也包括奇迹锻工的历史吗？也许在那里能查到真正的史实，而不是傲立楼里宣扬的那些假象。

她举起手：“我投哥布莱恩图书馆一票。”

卡当斯和霍桑齐刷刷地看着她，好像她疯了。萨蒂亚更是一脸的不高兴。

家庭专列驶入 919 站台时，列车长颇有些飘飘欲仙了：“能再见到罗西尼真是太好了。只要我好好恳求她，她一定会带我们参观一番的。”

“欢悦小姐，你可能不明白，”大家都下车了，萨蒂亚还是不依不饶，“格里姆斯戈登布拉格对战弗莱德纳克——”

短促而尖锐的汽笛声打断了她，家庭专列呼呼呼地冒出了白烟。

“明天见！”欢悦小姐一边挥手一边叫着。列车很快就消失在隧道中。

萨蒂亚对准马希尔的胳膊狠狠地来了一掌。